www.ingramcontent.com/pod-product-compliance
Lightning Source LLC
La Vergne TN
LVHW010811051026
849532LV00007B/2509
* 9 7 8 9 3 5 8 7 2 2 0 7 9 *

بھگوان کی مایا

(منتخب افسانے)

سرور عالم راز سرور

Bhagwaan ki Maya *(Short Stories)*

by: Sarwar Alam Raaz

Edition: August '2024

Publisher :

Taeemeer Publications LLC (Michigan, USA / Hyderabad, India)

ISBN 978-93-5872-207-9

9 789358 722079

کتاب	:	**بھگوان کی مایا** (افسانے)
مصنف	:	**سرور عالم راز سرور**
بہ اہتمام و بہ تعاون	:	نکہت بریلوی (مدیر 'افکار' و 'روشنائی'۔ کراچی، پاکستان)
جمع و ترتیب و تدوین	:	اعجاز عبید
صنف	:	فکشن
ناشر	:	تعمیر پبلی کیشنز (حیدرآباد، انڈیا)
سالِ اشاعت	:	۲۰۲۴ء
صفحات	:	۱۳۲
سرورق ڈیزائن	:	تعمیر ویب ڈیزائن

فہرست

بزم ہستی ایک حقیقت: اور حقیقت ہے افسانہ (راز چاند پوری)

سرور عالم راز سرور

میرے افسانوں کے مجموعے کے اس مختصر سے دیباچہ کا مقصد بھی اسی کی طرح مختصر اور محدود ہے۔ میری افسانہ نگاری کی قلیل العمری اور میری ادبی و شعری کاوشوں کی سبک مائیگی سے قطع نظر اپنی تخلیقات پر کسی قسم کی رائے زنی بجائے خود خطرہ سے خالی نہیں ہے اور عقل سلیم کا تقاضہ ہے کہ یہ کام دوسروں پر چھوڑ دیا جائے۔ جہاں تک اردو افسانہ نگاری پر نقد و نظر، اس کے ارتقاء اور رجحانات، قدیم قصہ نویسی اور جدید افسانہ نگاری کے فرق اور دونوں کے محرکات و پس منظر، اردو ادب و شعر پر افسانہ نگاری کے اثرات اور ایسے ہی دوسرے موضوعات کا سوال ہے، ان پر تبصرہ میرا مقام نہیں ہے۔ دوسروں نے اس سلسہ میں بہت کام کیا ہے اور آئندہ بھی یہ کام ہوتا رہے گا۔ چنانچہ یہ دیباچہ زیر نظر افسانوں کے بارے میں چند وضاحتوں تک ہی محدود ہو گا۔ اگر ان چند سطور سے قارئین پر میری افسانہ نگاری کے محرکات اور پس منظر واضح ہو جائیں اور اگر ان کہ ان افسانوں میں اپنی یا دوسروں کی روزمرہ کی زندگی کی ہلکی سی جھلک بھی نظر آ جائے تو میرا مقصد پورا ہو جائے گا۔

میری افسانہ نویسی کی عمر نہایت کم ہے۔ پھر بھی یہ عرض کرنا ضروری ہے کہ شعر و ادب کا ذوق و شوق مجھے ورثہ میں ملا ہے۔ والد مرحوم حضرت ابو الفاضل راز چاند پوری

(تلمیذ مولانا سیماب اکبر آبادی) کا شمار بر صغیر ہند و پاک کے مشاہیر شعرا میں ہوتا تھا اور ان کی تخلیقات ملک کے تقریباً تمام موقر رسائل و جرائد میں شائع ہوا کرتی تھیں۔ 1947ء کے ہنگامہ خیز دور کے بعد کچھ تو بر صغیر کے انقلابی حالات اور ان کے نتیجہ میں دنیائے ادب پر مرتب ہونے والے اثرات سے مجبور ہو کر اور کچھ اپنی فطری خاموش طبعی کے تقاضہ کے احترام میں وہ کم و بیش گوشہ نشین ہو کر بیٹھ رہے تھے اور دنیائے اردو سے ان کا عملی رابطہ کمزور ہو گیا تھا، ورنہ بچپن میں گھر کا ماحول والد مرحوم کی گوناگوں ادبی و شعری سرگرمیوں سے نغمہ ریز اور کیف پرور تھا۔ ان کے بیشتر احباب یا تو خود ادیب و شاعر تھے یا ادب و شعر کا اعلی ذوق رکھتے تھے۔ والد مرحوم کی اکثر شامیں انہیں ادب نواز اور مہذب دوستوں کی معیت میں گزرتی تھیں۔

دوسرے بھائیوں کی طرح میں بھی اس شائستہ ماحول اور ایسے بزرگوں کے فیضان صحبت سے مالا مال ہوا اور یہیں سے میرے ادبی ذوق کی ابتداء ہوئی۔ چونکہ والد مرحوم اصلاً شاعر تھے، میرا رجحان طبع بھی شروع سے شاعری کی جانب ہی رہا۔ میں نے شعر گوئی تقریباً تیرہ سال کی عمر سے شروع کر دی تھی اور یہ سلسلہ حالات و حادثات سے متاثر ہو کر وقتاً فوقتاً معرض التوا میں پڑے رہنے کے باوجود بفضلہ آج تک جاری ہے۔ اس شوق کا نتیجہ میری غزلیات کے تین مجموعوں (:شہر نگار،:رنگ گلنار:اور:در شہوار:) کی صورت میں منصہ شہود پر ظاہر ہو چکا ہے۔

امریکہ میں میرا مستقل قیام 1971ء سے ہے۔ اس سے قبل قیام ہندوستان کے دوران اور پھر امریکہ پہنچ کر نثر نگاری میں کچھ عرصہ کاغذ سیاہ کئے تھے لیکن اس منزل ہفت خواں میں سنجیدگی سے کوشش و کاوش کا خیال مجھ کو در اصل 1996ء میں ہوا۔ امریکہ میں اردو زبان و ادب کی تہذیب، ترویج اور اشاعت کے وسائل نہایت محدود

ہیں۔ اکثر و بیشتر مقامات پر اہل ذوق کا فقدان ہے اور سنجیدہ تحقیقی و تنقیدی کام کے مواقع اور ذرائع کم و بیش ناپید ہیں۔ ان سب حالات نے مل کر مجھ کو افسانہ نگاری کی جانب مائل کیا۔ ذرا سا ذہن و دماغ پر زور دیا تو اپنے چاروں طرف افسانے ہی افسانے نظر آئے۔ قدم قدم پر سیکڑوں پلاٹ کاغذ پر آنے اور خدا جانے کتنے کردار اپنی جولانیاں دکھانے کے لئے بے چین تھے۔

کسی نے کیا خوب کہا ہے کہ حقیقت اپنی فطرت میں افسانہ سے کہیں زیادہ دلچسپ ہوتی ہے۔ اپنی ہندوستان اور امریکہ میں گزری زندگی دیکھی اور دوسروں کی زندگیوں پر نظر ڈالی تو ایسی ایسی حقیقتوں نے دامن دل اپنی جانب کھینچا جو ہر طرح سے ایسے افسانوں اور کہانیوں پر بھاری تھیں جن کی اختراع اور تراش خراش میں میرے ذہن و قلم کو معلوم نہیں کتنے صبر آزما مراحل سے گزرنا پڑتا۔ اپنے تجربات و مشاہدات، دوسروں پر بیتے واقعات، راہ چلتے ہوئے نگاہوں سے گزرے ہوئے مناظر و حادثات، امریکہ کی غیر مانوس اور جارحانہ فضا سے مجروح اور نبرد آزما اپنے ہم وطنوں کی کشمکش، غرضیکہ جس طرف نظر اٹھ جاتی تھی ایک نیا افسانہ اپنی طرف توجہ مبذول کرتا دکھائی دیتا تھا۔ وہ کیفیت تھی کہ:

کرشمہ دامن دل می کشد کہ جاں ایں جاست!

چنانچہ میرا یہ فیصلہ کہ میرا ہر افسانہ کسی ایسے واقعہ، تجربہ یا مشاہدہ پر مبنی ہوگا جو میری اپنی یا کسی دوست کی زندگی سے وابستہ ہوگا یکسر آسان اور فطری تھا۔

میرا خیال ہے کہ وہ افسانہ جو ہماری روزمرہ کی زندگی اور اس کی کامرانیوں اور نامرادیوں کی بازگشت نہ ہو اور کسی خیالی دنیا کی عکاسی کرتا ہو ہمیں اس طرح متاثر نہیں کر سکتا ہے جس طرح ایک اچھے افسانہ کو کرنا چاہئیے۔ دوسرے الفاظ میں یوں کہیے کہ

حقیقت نگاری اچھی افسانہ نگاری کے لئے اشد ضروری ہے۔

میرا رجحان حقیقت نگاری کی ہی جانب ہے اور اس سلسلہ میں پلاٹ، کردار اور زبان و بیان سب کو حقیقی اور روزمرہ کی زندگی کے قریں رکھنا پسند کرتا ہوں۔ بازار کے سبزی فروش کنجڑہ سے لکھنؤ اور دہلی کی شستہ اور شائستہ، شین قاف سے درست زبان کہلوانا ایسا ہی مضحکہ خیز سمجھتا ہوں جیسے افسانہ کے کسی کردار کے دِل بدل (Heart Transplant) آپریشن کے نتیجہ میں یہ تصور قارئین کے سامنے پیش کرنا کہ اس عمل کی وجہ سے مذکورہ کردار کا ذہن و دماغ، اخلاق و کردار بدل کر اس شخص کے ہو جاتے ہیں جس کا دل اس کے سینہ میں لگایا گیا ہے!

زیر نظر مجموعہ کا ہر افسانہ میرے اسی مندرجہ بالا احساس و خیال کی لفظی تعبیر ہے۔ مصلحت اور ضرورت نے افسانوں کے کرداروں اور مقامات وغیرہ کے نام اور بعض تفصیلی حالات بدلنے پر مجبور کیا ہے ورنہ نفس افسانہ ہر جگہ ایک ایسی کہانی سناتا ہے جو زندگی اور اس کے حقائق کی صورت میں میرے احساس و نظر کو دعوت فکر دے چکی ہے۔ میرا خیال ہے کہ یہ افسانے ہماری روزمرہ کی زندگی سے اس قدر قریب ہیں کہ اگر ان میں قاری کو اپنی یا کسی اپنے کی جانی پہچانی شکل نظر آجائے تو چنداں حیرت کا مقام نہیں ہوگا!

میں مکرمی نکہت بریلوی صاحب (مدیر "افکار" و "روشنائی": کراچی، پاکستان) کا انتہائی شکر گزار ہوں کہ انہوں نے میری ہمت افزائی کیا اور قدم قدم پر دست عنایت بڑھا کر اس مجموعہ کی اشاعت کی ساری منزلوں سے بخیر و خوبی عہدہ برا کرانے میں میری ہر ممکن دست گیری کی۔ میں ان کے حق میں دعائے خیر کے سوا اور کیا کر سکتا ہوں!

آخر میں اپنی اہلیہ قیصر رازی کا شکریہ ادا کرنا ضروری سمجھتا ہوں کہ وہ میری ادبی و

شعری کوششوں میں ہمیشہ میرے قدم بقدم چلی ہیں۔ ان کی ہمت افزائی، دل سوزی اور خندہ پیشانی نے ہر منزل پر مجھ کو حوصلہ اور روشنی سے آشنا رکھا ہے، اور مجھ کو یہ بھی معلوم ہے کہ یہ مجموعہ اس جاں فزا سلسلہ کے لئے حرف آخر کا حکم نہیں رکھتا ہے:

ابھی عشق کے امتحاں اور بھی ہیں!

سرور عالم راز سرور
فورٹ ورتھ، ٹیکساس، امریکہ
یکم اگست 2004ء

یادوں کے مینار

رات کے گھنگور اندھیرے میں غُراتی، گڑگڑاتی، سیٹی بجاتی ٹرین اپنی منزلِ مقصود کی طرف بھاگی جارہی تھی۔ کھٹاکھٹ، کھٹاکھٹ کرتے پہیوں کی ہر گردش مجھے اپنے وطن سے قریب کرتی جاتی تھی اور میں تھا کہ ہزاروں خیالوں کی یورش کا شکار، رات بھر کا جاگا، کھڑکی سے سر لگائے باہر اندھیرے میں خالی خالی آنکھوں سے دیکھے جارہا تھا۔ ٹرین کی ہر کھٹ کھٹ کھٹاک پر میرا دل اچھل کر حلق میں آپھنستا تھا اور ہر اسٹیشن پر کھڑکی کے میلے شیشہ کے اُس پار پلیٹ فارم کی بیمار روشنی میں جنم جنم کی پیاسی آنکھیں معلوم نہیں کیا ڈھونڈنے لگتی تھیں۔ اِدھر اُدھر بھاگتے ہوئے اندھے سائے، قلیوں اور خوانچہ والوں کی لہراتی ہوئی آوازیں چند منٹ کے لئے اِرد۔گرد کے ماحول کو جگا دیتی تھیں۔ پھر ایک ہچکولے کے ساتھ ٹرین اپنا فسانہ دہرانے لگتی تھی: کھٹ کھٹ کھٹاک! کھٹ کھٹ کھٹاک!

آج دماغ نے یادوں کے سارے دریچے کھول دئے تھے۔ پچاس سال پرانے گلی، کوچے، بازار اور دوست آشنا اپنے چہرے سے آدھی صدی کی گرد جھاڑ کر میرے سامنے آکر کھڑے ہو رہے تھے اور میں ان کی توانائی دیکھ کر پریشان تھا۔ انہیں تو کب کا مسمار ہو کر مٹ جانا چاہئے تھا مگر یہ تو اپنی مسکراتی آنکھیں میری آنکھوں میں ڈال کر جیسے مجھ کو دیوانہ بنانے پر تلے ہوئے تھے:

"کیوں، کہاں چلے گئے تھے تم؟ آج ہم تمہیں کیسے یاد آگئے؟ ہم تو تمہیں نہیں بھولے پیارے! اب آئے ہو تو کچھ دن رہ جاؤ۔ زندگی کا کیا بھروسہ، معلوم نہیں پھر تم آؤ

کہ نہ آؤ۔"

اور میں رندھے گلے سے ان کو جواب بھی نہیں دے پا رہا تھا۔ شاید ایسی باتوں کا کوئی جواب ہوتا بھی نہیں ہے!

لو! ٹرین مانکپور سے چل پڑی۔ اب مجھگاؤں آئے گا، پھر ستنا، کٹنی، سیہورا اور پھر جبل پور! میرا وطن! وہاں بابو جی اور بوا کے پر شفقت سایہ میں بچپن کی کتنی سہانی صبحیں گزاری تھیں۔ ہم والد مرحوم کو بابو جی اور والدہ مرحومہ کو بوا کہتے تھے۔ آنکھ کھولی تو ساری دنیا ان کو یہی کہتی تھی چنانچہ ہم بھی کہنے لگے۔ بچپن کے وہ شب و روز جن سے زندگی معتبر معلوم ہوتی تھی کب کے غائب ہو چکے تھے۔ بابو جی اور بوا اللہ کو پیارے ہو چکے تھے اور میں وطن تو کیا ملک بھی چھوڑ کر امریکہ جا بسا تھا۔ آج پچاس سال کے بعد میں پھر جبل پور جا رہا تھا تو ایسا محسوس ہو رہا تھا جیسے زندگی کے اس سفر پر میں عمر بھر چلتا رہا ہوں۔ مانک پور، ستنا، کٹنی، سیہورا، جبل پور!

کیسے پیارے لوگ تھے وہ بھی! بابو جی نرم گفتار، کم گو، سر تا پا شفقت! خلیق ایسے کہ کیا چھوٹا، کیا بڑا، یہاں تک کہ نائی، دھوبی اور قصائی سے بھی آپ اور جناب سے گفتگو کرتے تھے۔ وقت کے ایسے پابند کہ صبح دفتر جانے کے لئے گھر سے نکلتے تو سامنے پنواڑی کی دوکان پر بیٹھے لوگ گھڑی ملاتے "باؤ جی دفتر جا رہے ہیں۔ سوا نو بجا ہے۔" شرافت اور وضعداری کے پتلے تھے۔ کہیں جاتے تو زندگی کی ریت پر ہمارے لئے چند لکیریں کھینچ جاتے:

"دن بھر گھر سے باہر مارے مارے نہ پھرئے گا۔ آپس میں لڑائی نہ کیجئے گا۔ باہر جائیں تو اچھے لوگوں میں بیٹھئے گا۔ بہتر تو یہ ہے کہ گھر میں بیٹھ کر کچھ لکھئے پڑھئے۔" اُدھر بوا تھیں، محبت اور ممتا کی دیوی، سارے محلہ میں ہر دل عزیز، ہر ایک کی پیاری، اللہ کی

محبت اور عبادت سے سرشار۔ اِدھر بابو جی گئے اور اُدھر وہ اپنا موٹی ململ کا ہلکا گلابی دوپٹہ اتار کر اُن لکیروں پر ڈال دیتیں اور ہم اُچھلتے کودتے ان کو پھلانگ جاتے۔ دن بھر دھما چوکڑی کے بعد پھر شام کو گھر میں داخل ہوتے، بوا لکیروں پر سے دوپٹہ اٹھا کر سر پر رکھ لیتیں اور عصر کی نماز ادا کرنے کھڑی ہو جاتیں۔ بابو جی آتے تو ہم ایسے سیدھے سادے سادھو بنے بیٹھے ہوتے جیسے منھ میں دانت ہی نہ ہوں۔

چار کمروں کا وہ گھر، وہ لق و دق آنگن، وہ چھوٹا سا باورچی خانہ جو اپنے اندر ایک دنیا رکھتا تھا۔ اس آنگن میں ہم دوستوں کے ساتھ کرکٹ کھیلا کرتے تھے۔ دیواروں پر چونے سے تین لکیروں کا وکٹ، ایک پرانی گھسی پٹی ٹینس کی گیند اور جلاؤ لکڑی کے تختہ کا بلا! وہ گھمسان کا کھیل جمتا کہ اللہ اکبر! وہ آف بریک آئی! وہ چوا لگا!

"دوڑ، ابے دوڑ، رن کیوں نہیں بناتا؟ بالکل صاف آوٹ ہو گیا، بال وکٹ پر لگی ہے! ابے جا، آیا وہاں سے آوٹ کرنے والا۔ سالا دھاندلی کرتا ہے۔"

یونہی کھیلتے اور لڑتے دن ڈوب جاتا اور دوسرے دن ہرانے کی دھمکیاں دیتے ہوئے بچے اپنے اپنے گھر چلے جاتے۔ اسی آنگن کی دیواروں سے لگی کیلوں میں ستلی باندھ کر نیٹ بناتے تھے اور چار پیسے کی گھٹیا چڑیا خرید کر مانگے تانگے کے رَیکٹ سے بَیڈ منٹن کھیلتے تھے۔ چڑیا نیٹ کے اوپر سے گئی کہ نیچے سے، سروِس ٹھیک تھی کہ نہیں! خوب ہی تو بحث ہوتی۔ دبی زبان سے دو ایک موٹی موٹی گالیوں کا تبادلہ بھی ہوتا، مگر دوسرے ہی لمحہ ساری گرمی چڑیا کی اڑان میں غائب ہو جاتی۔ آخر کل بھی تو کھیلنا تھا!

اور ہاں اسی لق و دق آنگن میں پتنگ کا مانجھا بھی سُوتا جاتا تھا۔ دو نمبر کی رِیل کا دھاگا دروازہ کی کُنڈی میں سے ہوتا ہوا، دیواروں کی کیلوں میں تانا بانا بنتا کمرہ کی گہرائیوں میں گم ہو جاتا۔ وہاں سے باورچی خانہ کی الماری سے الجھتا ہوا واپس آنگن میں آ جاتا اور مَیں

باریک شیشہ سے بھری گلابی رنگ کی لگدی لئے جھما جھم مانجھا سونتتا: "اہاہا! اب مزا آئے گا۔ کیا تیز مانجھا ہے! وہ پینچ کاٹوں گا کہ لوگ یاد رکھیں گے!"

مگر پھر یہ ہوتا کہ ہمیشہ کی طرح بڑے بھائی مشہود کے سے میری پتنگ اور چرخی چپکے سے باہر لے جاتے اور تھوڑی دیر میں ہی پتنگ کٹوا کر ایسے واپسا جاتے جیسے کوئی بات ہی نہیں ہوئی ہے۔ میں کیسا کیسا رو رو کر بوا سے شکایت کرتا تھا۔ وہ غریب بھی کیا کرتیں؟ کچھ غصہ سے اور کچھ پیار سے مشہود کو سمجھاتیں:

"بھیا! تو کیوں چھوٹے بھائی کو پریشان کرتا ہے؟ کیا ملتا ہے تجھے؟ مت لیا کر اس کی پتنگ۔" پھر میرے ہاتھ پر چند پیسے رکھ کر کہتیں: "جا، تو دوسری پتنگ لے آ۔"

مگر نہ تو مشہود اپنی حرکتوں سے باز آئے اور نہ ہی میں پتنگ اڑا سکا۔ اب مشہود بھی اس دنیا میں نہیں ہیں۔ میں ماضی کی یادوں کی پتنگ تانے بیٹھا ہوں مگر آسمان میں کوئی اور پتنگ نظر نہیں آتی۔ الہی! یہ کیسی بیکسی ہے!

(۔ستنا۔)

گھر کا آنگن صرف آنگن ہی نہیں تھا بلکہ وہاں ایک طلسماتی دنیا آباد تھی۔ یہ آنگن ہماری معصوم زندگی کا محور تھا۔ اس کے ایک کونے میں ہماری بکری بندھی رہتی تھی۔ روزانہ صبح چرواہی سیکڑوں بکریوں کا ریوڑ لے کر گھر کے سامنے سے آواز لگاتی گزرتی: "بکری کھول دووو!" اور زنجیر کھلتے ہی بکری بھاگ کر ریوڑ میں گم ہو جاتی۔ شام کو دن بھر جنگل میں چرنے کے بعد ممیاتا، خاک دھول کا طوفان اڑاتا یہ ریوڑ واپس آتا۔ ہر شام بابو جی بکری کا دودھ نکالتے اور ہر صبح ہم ملائی میں شکر ملا کر رات کی باسی روٹی سے کھاتے۔ ہر سال بکری بچہ دیتی۔ اس دن بابو جی اور بوا آنگن میں چارپائی کھڑی کر کے ہم بچوں سے بکری کا پردہ کر دیتے اور جب وہ فارغ ہو جاتی تو بوا ہمیں بلا کر بکری کا

خوبصورت اور ننھا منا بچہ دکھاتیں۔ ایک مرتبہ بکری نے ایک بالکل سیاہ بچہ دیا تھا جس کا نام ہم نے کلور کھا تھا۔ ایسا ہِل گیا تھا کہ آواز پر بھاگ کر پاس آتا تھا اور تیزی سے دُم ہلا ہلا کر مِمیاتا تھا جیسے کہہ رہا ہو: "لاؤ، کچھ کھلاؤ! کیوں بلایا ہے؟"

اسی آنگن کے ایک کونہ میں ایک ٹین کا ڈبہ داب کر گولک بنائی جاتی تھی۔ جب کہیں سے پیسہ دھیلا مل جاتا تو گولک کے سوراخ میں ڈال دیتا تھا۔ مگر مشہود کی موجودگی میں گولک کے پنپنے کا کوئی سوال ہی نہیں تھا۔ تیسرے چوتھے وہ اسے کھود کر پیسے نکال لیتے اور خالی ڈبہ پھر گڑھے میں داب دیتے۔ بڑی لڑائیاں ہوتی تھیں مگر ان پر کوئی اثر نہیں ہوتا تھا۔ اب وہ دوسری دنیا کو سدھار چکے ہیں۔ میری گولک میں ہزاروں امریکن ڈالر جمع ہو گئے ہیں مگر ان کو اب کوئی نہیں چراتا ہے اور میں ان کی بے قیمتی دیکھ کر خاموش ہو جاتا ہوں۔

کیا اب بھی گولک کے قریب بیر بہوٹیوں کی قبریں موجود ہیں؟ ہلکے جاڑے شروع ہوتے ہی میدان میں بیر بہوٹیاں نکل آتی تھیں، سُرخ اور مخمل کی طرح نرم نرم! گرمیوں کی راتوں میں یہی میدان جگنوؤں سے جگمگ جگمگ کرتا تھا۔ مٹھیوں میں بند جُگنو انگلیوں کی جِھریوں میں چراغ جلاتے بجھاتے رہتے اور مٹھیاں کھلتے ہی اُڑ کر فضا میں گُم ہو جاتے تھے۔ بیر بہوٹیاں ماچس کی خالی ڈبیوں میں بند ایک آدھ دن میں مر جاتی تھیں اور ہم آنگن کے کونہ میں اداس ہاتھوں سے اخبار کے کاغذ کے کفن میں دفن کر دیتے تھے اور پھر نئی بیر بہوٹیوں کی تلاش میں نکل جاتے تھے۔ جگنوؤں اور بیر بہوٹیوں کی جگہ اب ملازمت، ڈالر اور سامانِ آرائش نے لے لی تھی مگر اِس نئے شوق سے دل کو وہ سکون اور مسرت نہیں مل سکی تھی جو بچپن کی معصوم زندگی کے جگنوؤں اور بیر بہوٹیوں کے ساتھ ماضی کی پہنائیوں میں بچھڑ گئی تھی۔

اور ہاں وہ کیاری تو میں بھولے ہی جا رہا تھا جس کو بوا نے آنگن کا ایک کونہ گھیر کر تیار کر رکھا تھا۔ انہیں پھولوں کا کس قدر شوق تھا! چند گل بانس، دو ایک سُرخ گلاب کے گملے، اِدھر گیندا، اُدھر بیلا اور ایک طرف لگی ہوئی چنبیلی! اس کیاری کی بس یہی کائنات تھی۔ جب گل بانس اور گلاب ساتھ ساتھ کھلتے تو کیاری میں آگ سی لگ جاتی تھی۔ دوسری طرف بیلے کے پودوں میں ایسے بھر بھر کر پھول آتے کہ اُن کی کمر بوجھ سے دُہری ہو جاتی۔ ساری کیاری مہک اُٹھتی: "اِدھر دیکھو! ایسے خوبصورت پھول کہیں اور بھی دیکھے ہیں تم نے؟" سارا محلہ خوشبو سے مہکتا تھا۔ اِدھر سے گلاب، بیلے اور چنبیلی کی مہک اٹھتی اور اُدھر چار نمبر مکان سے بنگالی بابو کی رات کی رانی کی مست کر دینے والی خوشبو کا بھبکا ہوا کے کاندھوں پر سوار آتا۔ جنت میں بھی ایسی خوشبو مشکل سے ملے گی۔ بوا روز بیلے کے موتی ایسے پھول توڑتیں۔ دو ایک پاندان کے اندر اور دو ایک دساوری پانوں کی ٹھلیا میں رکھ دیتیں۔ دن بھر پاندان خوشبو سے سرشار رہتا۔ سوئی سے تاگے میں پرو کر بیلے کا ہلکا سا گجرا گلے میں ڈال کر اور چھوٹے چھوٹے بیلے کے جھالے کانوں میں پہن کر جب وہ بیٹھتیں تو خدا کی قسم اس قدر معصوم اور خوبصورت دکھائی دیتیں کہ حوریں بھی شرماتی ہوں گی!

(۔کٹنی۔)

یہ ایک گھر کا قصہ نہیں ہے بلکہ ہر ٹوٹے ہوئے دل کی روداد ہے اور ہر اُجڑی ہوئی کائنات کا المیہ۔ وہ کمرہ جس میں بیٹھ کر مٹی کے تیل کی لالٹین کی مری مری روشنی میں رات گئے تک اسکول کا کام کرتے تھے، وہ ٹھنڈا غسل خانہ جس میں گرمیوں کی چھٹیوں میں دھوپ کی تپش سے گھبرا کر ہم رسالے پڑھنے اور تاش اور شطرنج کھیلنے کے لئے پناہ لیتے تھے اور وہ اندھا سا باورچی خانہ جس میں برسوں کی بیمار دکھیاری ماں چولھے کے سامنے

بیٹھ کر بچوں کے لئے روٹی بناتی تھی، ہر گھر میں اور ہر زندگی میں موجود ہیں۔ یہ ضرور ہی کہ اوپری زیب و زینت اور خود اپنے دل کی آنکھوں سے پردے اٹھا کر دیکھنے کی توفیق چاہئے۔

مجھے اپنے گھر کا وہ باورچی خانہ بہت یاد آتا ہے، شاید اس لئے کہ بوا کا بیشتر وقت وہیں گزرتا تھا اور پیار اور محبت، ایثار و قربانی کے اکثر سوتے ماں کی پیاری ذات سے ہی نکلتے ہیں۔ اسی باورچی خانہ میں ٹاٹ کے ایک ٹکڑے پر بیٹھ کر ہم بوا کے ہاتھ کی گرما گرم، غبارہ کی طرح پھولی، کراری روٹی ارہر کی دال اور اچار سے کھاتے تھے۔ پیٹ بھر جاتا تھا لیکن نیت نہیں بھرتی تھی! اسی باورچی خانہ کے کونہ میں بیٹھ کر ہاون دستہ سے دھائیں دھائیں تِل اور گُڑ کوٹا تھا اور بوا کی نگرانی میں لڈو بنا بنا کر مرتبانوں میں سجا دیا کرتا تھا۔ سارا گھر یہ لڈو مہینوں کھاتا تھا۔ یہیں ایک دیوار کے سہارے بوا پرانی سی جائے نماز بچھا کر ، دوپٹہ کے بُکل میں چہرہ چھپائے، عاجزی سے سر جھکائے اپنے اللہ کو یاد کیا کرتی تھیں۔ نماز کے بعد دعا مانگ کر وہ اٹھتیں تو ان کے کمزور چہرہ پر فرشتوں ایسی سادگی اور آنکھوں میں ابدی سکوں کی چمک ہوتی تھی۔ اکثر مجھ سے کہتی تھیں:

"بھیا! معلوم نہیں میری دعا قبول بھی ہی گی کہ نہیں۔ پڑھتے پڑھتے بھول جاتی ہوں اور جانے کیا کیا پڑھ جاتی ہوں۔"

اور میں بڑے اعتماد سے جواب دیتا: "بوا تم نماز پڑھتی رہو۔ اللہ میاں ضرور قبول کریں گے!"

وہ میری بچکانہ بات پر مسکرا کر محبت سے میرے سر پر ہاتھ رکھ دیتی تھیں۔ اب سوچتا ہوں تو خیال آتا ہے کہ کسی بھی ماں کی دعا قبول نہ ہونے کا سوال ہی کہاں اٹھتا ہے؟ رسول اللہؐ نے کیا خوب فرمایا تھا کہ: "ماں کے قدموں کے نیچے جنت ہے!" اُس

چھوٹی سی عمر میں بھی میں ماں کے قدموں کی جنت سے خوب واقف تھا! رات کو جب سونے کے لئے کھٹولے پر لیٹتا تھا تو بوا دیوار کا سہارا لے کر میری پائنتی بیٹھ کر اپنا اک پیر میرے پہلو میں بڑھا دیتی تھیں۔ میں اسے سینہ سے لگا کر اپنا گال ان کے تلوے پر رکھ کر آنکھ بند کرتا تو آناً فاناً ہی آنکھ لگ جاتی اور پھر صبح سے پہلے نہ کھلتی۔ معلوم نہیں اب وہ نیند کہاں اُڑ گئی ہے اور نیند کی گولیاں کھا کر بھی گھنٹوں کہاں غائب ہو جاتی ہے!

آج بھی ٹرین سے باہر نگاہ اٹھا کر دیکھتا ہوں تو آنکھوں میں نیند کا نام تک نہیں ہے اور چشمِ تصور ایسے میدان کو دیکھ رہی ہے جس میں بہت سے بچے ایک لکڑی کی گیند اور ڈنڈوں سے کھیل رہے ہیں۔ میں بھی ہاکی ہاتھ میں لئے گیند کے تعاقب میں اِدھر اُدھر بھاگ رہا ہوں۔ میدان کی دوسری جانب، سڑک پار پریل لائن کے مکان نظر آرہے ہیں۔ اُدھر بائیں ہاتھ کہ مسجد کے سایہ میں کولابا لائن اور سامنے مدراس لائن ہے۔ ان میں میرے دوست رہتے ہیں: عبد الوحید، محمد احسن خان، نریندر کمار! وحید جو گول مٹول سانولا سا تھا، بلا کا ذہین۔ کلاس میں ہمیشہ اول آتا تھا۔ بچپن میں بھی ایسا خوش خط تھا کہ بابو جی مجھ سے کہتے تھے: "دیکھئے کتنا اچھا خط ہے۔ آپ کو بھی ایسا ہی لکھنا چاہئے۔" مگر میں ہزار کوشش کے باوجود بھی ویسا نہیں لکھ سکا تھا۔

اور وہ احسن! ظالم حساب میں کس قدر تیز تھا! ماسٹر صاحب تک اس کا لوہا مانتے تھے۔ کبھی کبھی مجھ پر ترس کھا کر اپنی نقل کر لینے دیتا تھا مگر اکثر ناک بھوں چڑھا کر جھڑک دیتا تھا۔ اب فرانس میں گوری بیوی لئے بڑے عہدہ پر بیٹھا ہوا ہے۔ پہلے نقل نہیں کرنے دیتا تھا اور اب میرے خط کا جواب نہیں دیتا ہے۔ بات تو ایک ہی ہے!

یادوں کے پوشیدہ دریچوں سے نکل نکل کر سب بچے مجھ سے آنکھ مچولی کھیل رہے ہیں: "کہاں رہے سرور؟ آؤ بیٹا! ہوتی ہے شطرنج کی ایک بازی؟" میں آنسو بھری

آنکھوں سے انہیں دیکھ رہا ہوں اور ادھر نمبرے۔ فتح گڑھ لائن کے دروازہ سے لگی پریشان بوامجھ کو آواز دے رہی ہے:

"ارے بھیالو لگ جائے گی۔ اب اندر آجا۔ ٹھنڈا پانی پی لے۔ بس ہو گیا کھیل!"

اور میں کہہ رہا ہوں "بس بوا ابھی آیا۔ بس دس منٹ اور!" پھر یہ دس منٹ نصف صدی میں ڈھل جاتے ہیں۔ آنکھ مچولی، اندھا بھینسا، فٹ بال سب کب کے ختم ہو چکے ہیں اور میں تھکا ہارا مید ان میں تنہا بیٹھا ہوا سوچ میں گم ہوں۔

(۔سیہورا۔)

اب وطن بہت قریب آگیا ہے۔ ٹرین کے باہر پیچھے کی جانب بھاگتے ہوئے درختوں اور جھونپڑیوں کی طرح میں بھی پیچھے کی طرف دوڑ رہا ہوں جیسے گزرا ہوا وقت پھر واپسا جائے گا اور میں وہی ہوں گا اور وہی سب لوگ! معلوم نہیں کہ محلہ کی چھوٹی سی مسجد کا کیا حال ہو گا۔ بوڑھے، چھوٹی سی داڑھی والے مؤذن صاحب کی آواز میں کتنا درد تھا: اللہ اکبر، اللہ اکبر، اشھد ان لا الہ الا اللہ! اور دور دور سے نماز کے لئے آئے ہوئے محمود و ایاز! آئے، نماز ادا کی، لوگوں سے علی ک سلیک ہوئی، خیریت پوچھی اور رخصت ہوئے۔ نہ کوئی جھگڑا، نہ بحث! نہ کوئی سُنی تھا اور نہ کوئی شیعہ! عید، بقر عید پر نمازی اُبل کر مسجد سے باہر نکل آتے تھے۔ صاف ستھرے کپڑے پہنے، ٹوپیاں لگائے بڑے شوق سے امام صاحب کا خطبہ سنتے جس کا ایک لفظ بھی کسی کے پلے نہیں پڑتا تھا۔

مسجد کے حوض میں کیا اب بھی وہ سرخ و سنہری مچھلیاں تیرتی اور غڑاپ، غڑاپ غوطے لگاتی ہوں گی جو ہر جمعہ کو حوض کے کنارے چمکدار آنکھیں اور لپ لپ کرتے ہوئے منھ لئے تیرا کرتی تھیں؟ ہم مٹھی بھر گندھا ہوا آٹا جمعہ کو مسجد لے جاتے تھے اور

نماز کے بعد گولیاں بنا بنا کر مچھلیوں کے لئے پانی میں پھینکتے تھے۔ وہ اچھلتی کودتی آٹے کی گولیاں نگلنے کو جھپٹتی تھیں اور پانی میں سُرخ اور سنہری قوس قزح سی بن جاتی تھی۔ کبھی کبھی ہم آٹے کی گولی انگلی پر چپکا کر ہاتھ حوض میں لٹکا دیتے اور کوئی تیز طرار مچھلی قریب آکر اس کو لے جاتی تھی۔ میں آج تک اپنی انگلی میں مچھلی کے ہونٹوں کا لمس محسوس کرتا ہوں۔

اور پھر بے اختیار مجھ کو وہ عید یاد آگئی جب عین نماز کے درمیان مسجد کے باہر کے ایک خوانچہ والے نے تان لگائی تھی: "رس بھری گنڈیری!" اور ایک مکبر صاحب نے جواب میں "اللہ اکبر" کا نعرہ بلند کر دیا تھا! ساری کی ساری پچھلی صفیں رکوع میں چلی گئی تھیں اور نماز درہم برہم ہو گئی تھی۔ ہم بچوں کا ہنسی کے مارے برا حال ہو گیا تھا۔ اُس دن نمازیوں نے گنڈیری والے سے زیادہ اُن مکبر صاحب کو لتاڑا تھا! مجھے تو ان کی معصوم غلطی پر آج بھی ہنسی آ رہی تھی۔ شاید پچاس سال سے میرے وجود میں قید بچہ وقت اور حالات کی قید سے آزاد ہونا چاہتا تھا!

(۔جبل پور۔)

اسٹیشن پر میرا بچپن کا دوست دیوندر ملتا ہے اور ایسے پیار سے لپٹ جاتا ہے کہ اس کے وقت سے پہلے سفید ہوئے بال ایک لمحہ کو میری نظروں سے اوجھل ہو جاتے ہیں۔ میں جبل پور کے در و دیوار کو ایسے دیکھ رہا ہوں کہ مجھ کو اس کی باتیں سنائی نہیں دیتی ہیں۔ دیکھتے دیکھتے ہم اس کے گھر پہنچ جاتے ہیں۔ برآمدہ میں ساری میں لپٹی ایک معصوم صورت خاتون ہاتھ جوڑے کھڑی ہیں۔ یہ رما بھابھی ہیں۔ دوسری طرف سے ایک شرمیلی سی لڑکی بڑھ کر میرے پیر پکڑ لیتی ہے: "انکل جی! سلام!" یہ رما بھابھی کی بیٹی آدِتی ہے۔

"بھائی صاحب! کچھ کھائیے نا۔ آپ تو کچھ کھا ہی نہیں رہے ہیں۔ کوئی کشٹ ہو تو بتا

دیجیئے گا۔"

"انکل! پاپا کہہ رہے تھے کہ آپ بہت اچھا گاتے ہیں۔ کھانا کھا کر کچھ سنائیے گا، ایں انکل؟"

دیکھتے دیکھتے دھرم، مذہب اور اجنبیت کے سب بندھن خلوص اور پریم کے ہاتھوں ٹوٹ جاتے ہیں۔ میں اِس ہندو گھرانے کا ایک فرد بن جاتا ہوں جیسے میں وہاں ہمیشہ ہی رہا ہوں۔

دوسری صبح دیوندر اپنی کار میں بٹھا کر مجھے میرے گھر کی طرف لے جاتا ہے۔ ہر شے اجنبی سی ہے مگر پھر بھی پچاس سال کی طویل مدت وہ سب کچھ نہیں مٹا سکی ہے جس سے میرا بچپن اور اُس کی یادیں وابستہ ہیں۔ میں عجیب بے چینی کی کیفیت میں مندر کے سامنے کار رکوا کر دیوندر کو رخصت کرتا ہوں۔ وہ کچھ کہہ کر چلا جاتا ہے مگر میرے وجود نے سب کی طرف سے کان اور آنکھ بند کر لی ہیں۔ مجھے کچھ سنائی اور دکھائی دے رہا ہے!

مگر یہ مندر اتنا چھوٹا کیسے ہو گیا؟ پہلے تو بڑا عظیم الشان ہوا کرتا تھا۔ میں دروازہ کھول کر مندر میں داخل ہو جاتا ہوں۔ اونچے چبوترے پر بھگوان کی مورتی کے قدموں میں ایک عورت پیلی ساری پہنے سر ڈھکے رامائن کا پاٹھ کر رہی ہے۔ وہ مجھے ایک نظر اٹھا کر دیکھتی ہے اور پھر پاٹھ میں مشغول ہو جاتی ہے۔ یا اللہ! میں اس مندر میں کیا کر رہا ہوں؟ اس عورت میں مجھ کو بوا کی جھلک کیوں نظر آ رہی ہے؟ یہ رام لیلا کا میدان میرے قدموں سے جیسے لپٹا کیوں جا رہا ہے؟ چند قدم اپنے گھر کی جانب بڑھاتا ہوں تو پتوں کے سرسرانے کی آواز آتی ہے: "سرور! تم کب آئے؟" ارے! یہ تو وہی پیپل کا درخت ہے جس کے سایہ میں ہم گولی کھیلا کرتے تھے۔ اوپر نظر اٹھا کر دیکھتا ہوں تو پیپل کی بوڑھی شاخوں میں اٹکی ہوئی پتنگ نظر آتی ہے۔ مانجھا لٹک کر ہوا میں لہرا رہا ہے:

"ہاں سرور! یہ تمہاری ہی پتنگ ہے! میں نے سنبھال کر رکھ چھوڑی ہے۔ تم تو ایسے گئے کہ پلٹ کر خبر ہی نہیں لی۔ اب میں بوڑھا ہو گیا ہوں بھائی مگر میری پپلیاں اب بھی میٹھی ہیں، چاہے کھا کر دیکھ لو۔ اب بھی انہیں طوطے کھانے آتے ہیں اور میری شاخوں میں فاختائیں اب بھی گھونسلے بناتی ہیں۔ کلو بکرے کے لئے کچھ پتے لیتے جاؤ!"

اور میں خاموش سنتا رہ جاتا ہوں۔ میرے کانپتے ہونٹ اور خشک گلا کچھ مجھے کچھ کہنے نہیں دیتے ہیں۔ میں کہہ بھی کیا سکتا ہوں؟

ایک تھکی تھکی سی آواز اِس طلسم کو توڑ دیتی ہے:"کون ہیں آپ؟ کسی کو ڈھونڈ رہے ہیں کیا؟"

میرے پاس پیلی پھولدار ساری کی کانے گھونگھٹ میں منھ چھپائے ایک عورت کھڑی ہے۔ مانگ سونی ہے اور سر کے بالوں میں عمر نے چاندی بھر دی ہے۔ میں ہکلا جاتا ہوں۔ اجنبی عورت سے دل کا حال کیسے کہہ سکتا ہوں؟

"میں تو کسی کو بھی نہیں ڈھونڈ رہا۔ پچاس سال پہلے سات نمبر کے مکان میں رہتا تھا۔ اسے دیکھنے چلا آیا ہوں۔ میرا نام سرور ہے۔"

"ارے سرور تم؟ مجھ کو نہیں پہچانتے؟ میں شکنتلا ہوں، رام سروپ کی بہن!"

"شکنتلا! کیسی ہو تم؟ اچھی تو ہو؟ رام سروپ کہاں ہیں؟ افوہ کتنا وقت گزر گیا!" میں ایک سانس میں کہہ جاتا ہوں۔

"بھیا کا تو دیہانت ہو گیا۔ تمہارے بہنوئی بھی نہیں رہے۔ اب میں بیٹے کے ساتھ پانچ نمبر میں رہتی ہوں۔ چلو میرے ساتھ۔ ناشتہ پانی کر لو۔" وہ بڑے پیار سے میرا ہاتھ پکڑ کر بولی۔

یہ وہی تو تھی جس کے ساتھ ہم دن بھر کھیلا کرتے تھے۔ بڑی جھگڑالو تھی۔ بات

بات پر دھکا دے دیتی تھی۔ "مچھر کہیں کا! جا نہیں کھیلتے تجھ سے۔ کل سے اِدھر نہیں آنا نہیں تو ماروں گی۔ "اور آج ناشتہ پانی کرانے لئے جا رہی ہے، بھیا، بھیا پکار رہی ہے اور بجھی بجھی راکھ کو کرید کر چنگاریوں سے کھیل رہی ہے۔

"بھیا! اب پرانے لوگ بہت کم رہ گئے ہیں۔ کچھ اِدھر اُدھر چلے گئے اور کچھ بھگوان کو پیارے ہو گئے۔ نو نمبر میں چندر کا پرساد اب بھی رہتا ہے۔ تمہارے گھر میں اب بشیر بھائی رہتے ہیں۔ بڑے سجن پُرش ہیں۔ ملو گے تو کُھش ہو گے۔"

"اچھا! چندر کا پرساد یہیں ہے؟ ذرا اپنا گھر دیکھ آؤں تو جا کر اس سے ملوں گا، پھر تمہاری طرف آؤں گا۔ مگر شکنتلا! یہ مندر اتنا چھوٹا کیسے ہو گیا؟ اور یہ رام لیلا کا میدان تو بہت بڑا ہو کرتا تھا۔ یہ سڑک پہلے ہمارے گھر سے کتنی دور ہوا کرتی تھی۔ کیا دوبارہ بنی ہے؟" میں گھبراہٹ میں بولے جا رہا تھا۔

شکنتلا نے رحم بھری آنکھوں سے مجھے دیکھا۔ شاید اُسے میرے دلی کرب کا احساس تھا۔

"سرور، مندر بھی وہی ہے اور میدان بھی وہی۔ اور یہ سڑک بھی پہلے جہاں تھی وہیں پر ہے۔ ہاں، مگر تم جرور بوڑھے ہو گئے ہو۔ بہت سمے گجر گیا بھیا! جاؤ گھر دیکھ آؤ، پھر میرے یہاں آ کر چائے پی لینا۔"

ہاں شکنتلا تم ٹھیک کہتی ہو۔ یہ سرزمین نہیں بدلی ہے، میں ہی بدل گیا ہوں۔ یہ بوڑھا پیپل کا پیڑ، اس کی شاخوں میں الجھی ہوئی پتنگ، طوطوں کے شور مچاتے ہوئے ہرے ہرے جھنڈ، فاختاؤں کے گھونسلے، تمہارا پیار، کوئی چیز بھی تو نہیں بدلی ہے، بس میں ہی بوڑھا ہو گیا ہوں۔ مجھے میرے گھر پہنچا دو شکنتلا! اکیلے جاتے ہوئے دل کانپ رہا ہے۔ معلوم نہیں وہاں کون کون اندر چھپا بیٹھا ہو گا۔ مجھے واپس باہر نکلنے بھی دے گا کہ نہیں۔

اب میں اپنے بچپن کے گھر کے دروازہ پر کھڑا ہوں۔ یہاں میں پیدا ہوا تھا۔ مگر یہ دروازہ اتنا چھوٹا کیسے ہو گیا؟ دستک دیتا ہوں تو ایک بارہ تیرہ سال کی بھولی سی لڑکی دروازہ کھولتی ہے اور میری طرف سوالیہ نظروں سے دیکھتی ہے۔

"بیٹی، تمہارا نام کیا ہے؟" میں سوکھے گلے سے پوچھتا ہوں۔

"جی، ریحانہ!" وہ حیرت سے جواب دیتی ہے۔ "آپ کون ہیں؟"

"بیٹی، میں اس گھر میں پیدا ہوا تھا۔ اپنے ابا اور امی سے پوچھ لو، اگر وہ اجازت دیں تو میں اپنا پرانا گھر اندر سے دیکھ لوں۔"

وہ میرے کانپتے ہوئے ہونٹوں کو دیکھتی ہے: "ابا تو کام پر گئے ہیں اور امی بازار۔ آپ اندر آ کر گھر دیکھ لیجئے۔" وہ یوں اپنائیت سے جواب دیتی ہے جیسے مجھ کو ہمیشہ سے جانتی ہے۔ میں سارے بدن سے کانپتا ہوا گھر کے آنگن میں داخل ہوتا ہوں اور نظریں اٹھا کر برآمدہ کی طرف دیکھتا ہوں۔

ارے! یہ کیا؟ سامنے دائیں جانب برآمدہ میں بچھے کھٹولے پر موٹے لٹھے کا چوڑی دار پاجامہ اور کرتا پہنے اور موٹی ململ کا ہلکے گلابی رنگ کا دوپٹہ سر پر ڈالے بوا مسکرا رہی ہیں۔ اُن کی غم دیدہ آنکھوں میں خوشی اور فخر کی عجیب سی چمک ہے:

"آؤ بھیا آؤ! بہت دیر کر دی تم نے آنے میں! کہاں رہ گئے تھے؟ میں تو کب سے بیٹھی راہ دیکھ رہی ہوں تمھاری۔ اچھے تو ہو بیٹا؟" میرے کانوں میں ان کی جانی پہچانی مامتا سے لبریز آواز امرت گھول رہی ہے۔

بوا! نہیں، نہیں، میں بھلا تم کو بھول کیسے سکتا ہوں! کوئی ماں کو بھول سکتا ہے؟ ذرا یہ کمبخت آنسو بند ہوں تو میں تمھیں غور سے دیکھوں۔ یہ گلے کی گھٹن کم ہو تو کچھ بولوں۔ یہ صدیوں کے درد سے بوجھل ہاتھ اٹھ سکیں تو میں تمہیں سینہ سے لگاؤں، میں کتنا ظالم

ہوں کہ تمہیں اتنا انتظار کرایا۔ تم ناراض تو نہیں ہو؟

"ناراض؟ پاگل ہوا ہے کیا؟ آ، یہاں بیٹھ میرے پاس۔ تو تھک گیا ہو گا۔" وہ مسکرا کر کہتی ہیں۔

میں آنکھوں سے آنسو پوچھ کر نظریں اٹھاتا ہوں تو بر آمدہ سے اٹھ کر شاید بوا اندر چلی گئی ہیں۔ کھٹولے کی جگہ دو گرد آلود کرسیاں پڑی ہیں اور ریحانہ میرے پاس پانی سے بھرا گلاس لئے کھڑی ہے۔

"بیٹھ جایئے انکل! ذرا سا پانی پی لیجئے۔" اس کی آواز میں بلا کا درد ہے، شاید وہ میرا کرب سمجھتی ہے۔ میں اپنی دھندلائی ہوئی آنکھیں اٹھا کر انتہائی بے بسی سے اس گھر کو دیکھتا ہیں جو معلوم نہیں کیسے سکڑ کر گڑیا کے گھر کی طرح مختصر ہو کر رہ گیا ہے۔ کیا شکنتلا سچ کہتی تھی کہ میں بوڑھا ہو گیا ہوں؟ کہیں ایسا تو نہیں کہ اس طلسماتی گھر میں دوبارہ رہنے کے لئے مجھ کو پھر سے جنم لینا ہو گا؟ یا پھر دل کی وہ آنکھیں کھولنی ہوں گی جو بڑھتی عمر، زندگی کی بے پناہ یورش اور دنیا کی فکر اور تقاضوں نے جانے کب سے بند کر رکھی تھیں؟ یہ گھر آج وہی ننھا سرور مانگ رہا تھا جسے اُس کی پیاری ربو آپا اپنی بانہوں میں جھُلا جھُلا کر دھیمی اور میٹھی آواز میں گاتی تھیں:

چھوٹا سا بلما مورا آنگنا میں گلی کھیلے
ماروں گی پنکھیوں کی مار وہ تو ہنس کر ڈولے!

میں سر جھکائے بیٹھا ہوں کہ ریحانہ کی آواز میرے خوابوں کا طلسم توڑ دیتی ہے:

"آیئے انکل اندر سے گھر دیکھ لیجئے۔"

میں لمبا سانس لے کر اٹھ کھڑا ہوتا ہوں اور حیرت سے خود کو دیکھتا کا دیکھتا رہ جاتا ہوں۔ میرا چھ فٹ کا قد سُکڑ کر ننھا سا ہو گیا ہے اور وہ مختصر سا آنگن پھیل کر پھر سے ایک

لق و دق میدان میں تبدیل ہو گیا ہے۔ میں گلابی لگدی سے رنگے ہاتھ لئے حیرت و مسرت کے عالم میں سارے گھر کا چکر لگا رہا ہوں، بر آمدہ سے کمرہ میں، کمرہ سے باورچی خانہ میں، اِدھر سے اُدھر! اور میرے بچپن کا طلسماتی گھر اپنے پرانے خزانے کھول کھول کر میرے سامنے بکھیر رہا ہے! کہیں بھی تو کچھ نہیں بدلا ہے! ہر چیز اپنی جگہ پر جیسی کی تیسی ہے۔ اِدھر بابو جی چارپائی پر لیٹے اخبار پڑھ رہے ہیں اور اُن کے حقہ کی گڑگڑاہٹ گھر میں گونج رہی ہے۔ یہ بوا کا پاندان ہے جو تازہ گلاب کے پھولوں سے مہک رہا ہے۔ اکمرہ میں مشہود لالٹین کی مری مری روشنی میں آسکول کی کتاب میں چھپا کر ناول پڑھ رہے ہیں۔ باورچی خانہ سے تازہ تازہ گرم گرم روٹیوں کی سوندھی سوندھی خوشبو اٹھ رہی ہے اور میں ٹاٹ کے ٹکڑے پر بیٹھا منھ میں آیا پانی نگل کر بوا سے کہہ رہا ہوں:

"بوا ذرا روٹی کراری سینک دینا، اچھا؟"

اُدھر کونے میں ہماری بِلی دودھ پینے کے بعد اپنے پنجے سے چاٹ چاٹ کر منھ دھو رہی ہے۔ میں کمرہ سے نکل کر بر آمدہ میں آتا ہوں تو آنگن سے مُرغیوں کے کڑکڑانے کی آواز میری توجہ کھینچ لیتی ہے۔ دور کونہ میں کلو اپنی ماں کے نیچے کھڑا ممیا ممیا کر، زور زور سے دُم ہلاتا ہُوا دودھ پی رہا ہے اور گولک والے کونے سے بیر بہوٹیوں کی قطار ایک سُرخ ریشم کی لکیر کھینچتی ہوئی پھولوں کی کیاری کی جانب جا رہی ہے!

میں گھر سے باہر نکلتا ہوں تو میرا سارا وجود ایک عجیب سرشاری سے لبریز ہے۔ دل میں درد اب بھی ہے مگر اس درد میں ایک انوکھی لذت ہے! آنکھوں سے بہتے آنسوؤں میں ٹھنڈک ہے اور روح کا سارا کرب ایک سرخوشی کی کیفیت میں ڈھل گیا ہے۔ صبح کا بھولا شام کو گھر آچکا ہے!

میں واپسی کے لئے جب قدم اٹھاتا ہوں تو ڈھلتے سورج نے شام کی دلہن کے سر پر

لال، پیلی، عنابی ڈوروں سے بنی ہوئی اوڑھنی ڈال دی ہے۔ دور مسجد کے میناروں سے پرے یادوں کے کتنے ہی مینار دست بدعا کھڑے ہوئے ہیں۔

آخری بار پلٹ کر جب میں نے اپنے گھر کو دیکھا تو وہ روپہلی کرنوں سے جگمگا رہا تھا اور دروازے کی آڑ سے بوا سر پر ہلکے گلابی رنگ کا دوپٹہ اوڑھے مسکراتے ہوئے جھانک رہی تھیں: "بھیا! پھر جلدی آنا۔ میں تیرا انتظار کروں گی!"

***

قصہ ٔ چہار درویش

بچپن میں بزرگوں سے یہ مشہور مثل سن رکھی تھی اور پھر ذرا بڑا ہو کر کتابوں میں بھی پڑھی کہ "جب گیدڑ کی شامت آتی ہے تو شہر کی طرف بھاگتا ہے۔" بزرگوں نے سنائی تھی چنانچہ یہ مثل صحیح ہی ہو گی۔ کبھی اس کے مشاہدہ کا موقع نہیں ملا۔ ویسے میرا ذاتی خیال ہے کہ یہ بات اُس زمانے میں صحیح ہُوا کرتی ہو گی۔ گیدڑ بھی نرے عقل سے کورے ہی ہوتے ہوں گے اور شہر بھی نسبتاً چھوٹے اور نیم آباد! آج کل کے شہروں میں جیسی بے شمار آبادی ہے اور سڑکوں پر موٹر، بسوں اور لوگوں کا جو شور شرابا ہے اُس کو دیکھتے ہوئے بھلا کون سا ایسا گیدڑ ہو گا جو ایک تو شہر کے قریب کہیں مقیم ہو گا اور دوسرے صرف تفریح کی خاطر یا کسی دوسرے ہم مذاق گیدڑ کی تلاش میں شہر میں داخل ہونے کی حماقت کرے گا؟

خیر! یہ تو ایک جملۂ معترضہ تھا جو قصہ گوئی کی دھُن میں ضرورت سے کچھ زیادہ ہی لمبا ہو گیا! دراصل میں صرف اس قدر کہنا چاہتا تھا کہ میری شامت جو آئی تو اُس دن مختار بیڑی کو چوتھی کلاس کی اردو کی کتاب میں پڑھا ہوا قصہ چہار درویش سنانے بیٹھ گیا اور وہ بھی ایسے وقت جب وہ تاش کی بازی میں بڑی بے دردی کے ساتھ تین اناڑی جواریوں کی جیب خالی کر رہا تھا۔ میری شامت دو صورتوں سے یقینی تھی۔ ایک تو قصہ چہار درویش مجھ کو بالکل یاد نہیں تھا اور جو ٹوٹے پھوٹے ٹکڑے ذہن اور یادداشت کے خاک آلود طاقوں میں پڑے ہوئے تھے ان کو از سرِ نو یاد کر کے مناسب ملمع سازی بلکہ جعل سازی کے بعد

بیان کرنے کی کوشش میری حماقت اور ناعاقبت اندیشی ثابت کرنے کے لئے بہت کافی تھی۔ دوسرے یہ کہ میں قصہ چہار درویش ایک ایسے شخص کو سنانے کی فکر میں تھا جو ماضیِ قریب و بعید میں اس قسم کے قصوں سے اپنی مکمل بیزاری کا اعلان و اظہار نہایت مرصع اور ٹکسالی گالیوں سے کئی مرتبہ کر چکا تھا اور ادب و شعر اور اخلاقیات سے جس کی ناواقفیت کی ایک دنیا معترف تھی! مگر وہ جو میں نے شروع میں عرض کیا تھا نہ کہ جب گیدڑ کی شامت آتی ہے تو۔!

میرا خیال تھا کہ قصہ چہار درویش کسی طرح اُن چار درویشوں پر ڈھال لوں گا جو اس وقت میری حجرہ نما بیٹھک میں تخت پر بڑے اہتمام سے تاش کی بازی میں مصروف تھے اور جن میں سے تین درویش اسی قدر دریا دلی سے اپنی گاڑھے پسینے کی کمائی چوتھے درویش کی جیب میں منتقل کر رہے تھے۔ ان میں سے ایک تو یقیناً درویش صورت تھا۔ خلیل خاں جب سے مختار بیڑی کے قول کے مطابق "ٹناٹن مسلمان" بن کر تبلیغی جماعت کا ممبر ہو گیا تھا اُس نے گیروے کپڑوں، اونچی دیوار کی گول ٹوپی، لہراتی ہوئی ڈاڑھی اور کالے منکوں کی تسبیح سے لیس ہو کر خاصہ درویشانہ حلیہ بنا لیا تھا۔ تاش وہ اب بھی ہمارے ساتھ باقاعدگی سے کھیلتا تھا لیکن کہتا تھا کہ:

"برسوں کا ساتھ ہے، مجبوری کو کھیل لیتا ہوں ورنہ اب کوئی شوق تھوڑی رہ گیا ہے!"

اور مختار بیڑی مسکرا کر اس کے روپے داخلِ دفتر کر لیتا۔ باقی تین یعنی میں، سید ناظم حسین اور مختار بیڑی کسی طرح درویش کہلانے کے قابل نہیں تھے۔ اب سوچتا ہوں ہو حیرت ہوتی ہے کہ میں مختار بیڑی کو قصہ چہار درویش سنانے بیٹھا تھا؟ لیجئے پھر بہک گیا! کہنا کچھ چاہتا ہوں اور اپنی رَو میں کہہ کچھ اور جاتا ہوں۔

خیر تو یوں ہوا کہ مختار بیڑی کچھ دیر تو اپنی چندھی آنکھیں مچمچا کر قصہ چہار درویش سنتا رہا اور چاند مار کہ بیڑی کا دھواں خلیل خاں کی طرف منھ بھر بھر کر پھینکتا رہا۔ پھر اچانک بیڑی گلی میں پھینک کر بولا: "ابے یہ کیا چہار چہار لگا رکھی ہے؟ چار کیوں نہیں کہتا؟ آیا سالا وہاں سے فارسی پڑھانے! اور پھر اس قصہ کی اس وقت کون سی تک ہے؟"

ابھی میں اس حملہ کا جواب سوچ ہی رہا تھا کہ خلیل خاں نے خالص پیشہ ورانہ انداز میں تاش کی گڈی قینچی لگاتے ہوئے کہا: "بھائی مختار یہ تم ہر وقت گالی دے کر کیوں بات کرتے ہو؟ اللہ رسولؐ کی بات تو الگ رہی تم تو بالکل ہی بے لگام ہو کر رہ گئے ہو۔ میاں! کسی وقت تو سیدھی بات کر لیا کرو!" وہ بڑے تبلیغی موڈ میں معلوم ہو رہے تھے۔

سید کاظم حسین یہ ساری کارروائی اپنا آدھا گنجا سر سہلا سہلا کر غور سے سن رہے تھے۔ خلیل خاں کی تقریر سُن کر بولے: "یار یہ مختار نیک کام کرتا تو ہے مگر سب سے چھپ کر کرتا ہے۔" یہ سن کر مختار بیڑی کا پارہ ایک دم اوپر چڑھ گیا۔ "ابے! میں کسی سے ڈرتا ہوں جو چھپ چھپ کر کام کروں گا سالے! تو نے کب دیکھا ہے مجھ کو دنیا سے چھپتے ہوئے؟"

کاظم نے مسکرا کر جواب دیا: "وہ تم پرسوں نہریا پار والے بدھوا کمہار کو ماں بہن کی سڑی سڑی گالیاں جو دے رہے تھے وہ کیا تھا؟"

خلیل خاں کا ہاتھ پتے بانٹتے بانٹتے رک گیا۔ حیرت سے بولے: "سید صاحب! یہ ماں بہن کی سڑی سڑی گالیاں کب سے نیکی میں گنی جانے لگی ہیں؟"

کاظم حسین نے بھنا کر جواب دیا: "اماں! تم پوری بات تو سنتے نہیں ہو اور بیچ میں اپنی تبلیغی ٹانگ اڑا دیتے ہو۔ اس نے بدھوا کمہار کو صرف گالیاں ہی نہیں دی تھیں بلکہ دو چار دھپ بھی رسید کر دیے تھے!"

اب بات خلیل خاں کی سمجھ سے بالکل ہی باہر ہو گئی تھی۔ وہ خاموشی سے منھ کھولے کاظم کا منھ تک رہا تھا۔ مختار بیڑی بھی کچھ جھینپ سا گیا تھا۔ یہ میں بہت ہچکچاتے ہوئے کہہ رہا ہوں کیونکہ مختار کا تصور جھینپ کے ساتھ ذرا مشکل ہی سے کیا جا سکتا ہے! میں نے سوالیہ نظروں سے کاظم کو دیکھا تو وہ بولا:

"یار ہُوا یوں کہ کلثوم بھابھی نے بتایا کہ مختار پرسوں دوپہر نہر یا پار گیا ہوا تھا تو سڑک پر ایک گدھا نظر آیا جس کے اگلے دونوں ٹخنے اس کے مالک نے مونجھ کی رسی سے باندھ دئے تھے کہ کہیں بھاگ نہ جائے۔ سب کمہار کم بخت یہی کرتے ہیں۔ وہ گدھا بڑی مشکل اور تکلیف سے اگلی ٹانگیں اچھال اچھال کر چل رہا تھا اور سڑک کے کنارے کی سوکھی گھاس چر رہا تھا۔ مختار نے جھٹ جیب سے چاقو نکال کر گدھے کی رسی کاٹ دی۔ زخم جانے کتنے پرانے تھے کہ بائیں ٹخنے میں کیڑے پڑنے شروع ہو گئے تھے۔ کسی طرح یہ گدھا گھر لے آیا۔ میں جب اُدھر گیا ہوں تو اس نے ایک ٹین کے ڈبہ میں فنائل گھول کر گدھے کے اگلے پیر اس میں ڈبو رکھے تھے اور خود کلثوم بھابھی کے ہاتھ کی روٹی اپنے ہاتھ سے گدھے کو کھلا رہا تھا۔"

میں نے مختار کی جانب دیکھا تو وہ بیڑی سلگانے کے بہانے ہاتھوں کے پیالے میں اپنا منھ چھپائے ہوئے تھا۔ ہو سکتا ہے کہ میری نظروں نے دھوکا کھایا ہو مگر میرا خیال ہے کہ اس کی چندھی آنکھوں میں نمی سی چمک رہی تھی۔ خلیل خاں نے تاش کے پتے تخت پر الٹے رکھ کر چائے کی پیالی کا گھونٹ بھر کر کہا: "اماں چھوڑو بھی! یہ تو دنیا میں ہوتا ہی رہتا ہے۔ تم کوئی خدائی فوجدار ہو کیا؟ کہاں تک ہر گدھے کو ہانک کر گھر لاتے رہو گے؟ لا حول ولا قوۃ!"

مختار بیڑی جیسے بھنا ہی تو گیا: "ابے سب گدھوں کو تو نہیں بچا سکتا تو کیا ایک کو بھی

نہ بچاؤں؟ تو بھی تو سنت کے بارے میں کہا کرتا ہے کہ سب سنتیں پوری نہیں کر سکتا ہوں تو کیا ایک بھی نہ کروں؟ وہ سالا بدھوا کمہار شام کو گدھا ڈھونڈتا ہوا میرے گھر آیا تو میرا غصہ کچھ کم ہو گیا تھا ورنہ حرامی کو بہت مارتا۔ یہ کمینے بے زبان جانوروں پر ظلم کرتے ہیں، پھر کھانے کو نہیں دیتے اور اوپر سے داب کر کام لیتے ہیں۔ مردود کہیں کے!"

کاظم حسین ہنس کر بولے: "مگر یار! تم نے جو بدھوا کو دھپیا دیا تھا تو وہ کچھ زیادہ ہی ڈر گیا، آج صبح میں اُدھر دودھ لینے گیا نا تو وہ پچکار پچکار کر گدھے کو گھاس کھلا رہا تھا!"

شاید ابھی بات اور آگے بڑھتی کہ مختار کا بیٹا بیٹھک میں داخل ہُوا اور بولا: "ابو! چلئے امی بلا رہی ہیں۔ ہاتھرس سے قدوس ماموں آئے ہیں۔"

مختار بیڑی نے تخت سے روپے سمیٹ کر جیب میں ڈالے اور بے دلی سے اٹھتا ہوا بولا: "دھت تیری کی! پھر آ گئے سالے صاحب! ان سے کوئی پوچھے کہ ایسی کیا جلدی تھی؟ ابھی دہ ماہ پہلے ہی تو دو دن یہاں رہ کر گئے ہیں!" پھر وہ جوتا پہن کر جھومتا ہوا بیٹھک سے نکل گیا۔

-

ہم لوگ اس واقعہ کے بعد کچھ دنوں مختار کو چھیڑتے رہے۔ سڑک پر کوئی گدھا نظر آجاتا تو کاظم اس سے کہتا: "دیکھو، دیکھو وہ تمہارا بھائی جا رہا ہے۔ کس قدر صورت مل رہی ہے!" خلیل خاں اس کے سامنے گھاس کا گچھا رکھ کر کہتا: "تہاری بھابھی بدھن کمہارن نے کہلایا ہے کہ وہ گدھا ڈھینچوں ڈھینچوں کر کے تمہیں یاد کرتا ہے۔ سنیچر کو آکر گھاس کھا جاؤ، تازی منگائی ہے!" مختار بیڑی ان بچکانہ باتوں کو ہنس کر ٹال دیتا: "سالوں کا دماغ خراب ہو گیا ہے۔ وہ گدھا ہی تم :۔۔سے: زیادہ سمجھدار ہے۔ لا منگا کڑک چائے سالے! تیری باتوں سے منھ کا مزا خراب ہو گیا!"

کوئی دو ہفتوں بعد میں اور مختار دن ڈھلے چہل قدمی کرتے کرتے گوشت والی گلی سے گزر رہے تھے کہ نکڑ پر ممو کی کرانے کی دوکان پر چاند مار کہ بیڑی لینے کو رک گئے۔ ممو کا نام تو شاید کچھ اور تھا لیکن مشہور وہ اسی نام سے تھا۔ ہو سکتا ہے کہ اس کا نام محمد میاں ہو یا پھر اس کی عادت کی مناسبت سے لوگ اسے ممو کہنے لگے ہوں۔ وہ ہر وقت دوکانداری میں نقصان، بیوی بچوں کی بیجا خرچ کرنے کی عادت یا دوسرے دوکانداروں کی بے ایمانی کی شکایت ڈنڈی مار کر تولتے ہوئے ممیا ممیا کر کیا کرتا تھا۔ آج وہ دوکان کے تختہ پر بیٹھا سڑک کی جانب جھکا گالیاں دے رہا تھا جہاں میلے کچیلے کپڑے پہنے ایک سات آٹھ سال کی بچی نالی کے گندے پانی میں ہاتھ ڈالے بیٹھی تھی اور پاس ہی ایک چار پانچ سال کا بچہ صرف پھٹی قمیص پہنے کھڑا ہوا سسکیاں لے لے کر رو رہا تھا: "ارے بھاگ یہاں سے لونڈیا! کیا پانی میں سڑ پڑ کر رہی ہے؟ ابھی لگاؤں گا دہ ہاتھ سالی کو!۔ آؤ باؤ جی آؤ۔ ذرا بچ کر! نالی کے پانی سے بچ کر باؤ جی!۔۔ اری او لونڈیا! سنتی ہے کہ نہیں؟۔۔"

مختار بیڑی نے اس لڑکی کو دیکھا جو آنسو بھری آنکھوں سے ممو کو دیکھ رہی تھی۔ لڑکا اب قمیص کے پلو سے بہتی ہوئی ناک پوچھنے کی ناکام کوشش کر رہا تھا۔ مختار نے ہاتھ کے اشارہ سے ممو کو خاموش کرتے ہوئے اس بچی سے پوچھا: "ارے کیا ڈھونڈ رہی ہے نالی میں؟ کیا گر گیا ہے تیرا؟"

بچی نے گندے پانی سے ہاتھ نکال کر بے بسی سے مختار کو دیکھا اور روہانسی ہو کر بولی: "اماں نے پانچ روپے دال چاول لانے کو دئے تھے۔ بھیا کے ہاتھ سے نالی میں گر گئے۔ گھر جائیں گے تو ابا بہت مارے گا:" وہ بے اختیار رو پڑی۔ لڑکے کی سسکیاں اور تیز ہو گئیں۔ ممو نے بیڑی کا بنڈل مختار کی طرف بڑھاتے ہوئے کہا: "ارے باؤ جی! کس چکر میں پڑے ہو؟ جبر جستی لونڈیا بک بک کر رہی ہے۔ یہ تو سالا روج کا کسہ ہے۔ اری او لونڈیا اب بھاگ

جا یہاں سے بھلا؟"

مختار نے اس کو خونخوار آنکھوں سے دیکھا تو اس کا بڑھا ہوا ہاتھ رک گیا۔ مختار نے بچی کو اشارا کیا: "ادھر اتو! نہیں مارے گا ابا، تو چپ ہو جا۔" پھر مُڑ کر ممو سے بولا: "ذرا پانچ پانچ کلو مونگ اور ارہر کی دال باندھ دو اور دو کلو چاول بھی دے دو۔ پیسے میرے حساب میں لکھ لینا۔ اور ہاں مٹھائی کی گولیوں کے دو پیکٹ بھی دے دو۔"

اس وقت اس کی آنکھوں میں بلا کی اداسی تھی۔ ہر وقت گالیاں دینے والا مختار غریب بچی کے سر پر ہاتھ رکھے زمین کو گھورے جا رہا تھا۔ ممو نے حیرت سے اس کو دیکھا اور خاموشی سے سامان کا تھیلا مختار کے ہاتھ میں تھما دیا۔ مٹھائی کی گولیوں کے پیکٹ دونوں بچوں کے ہاتھوں میں تھما کر اس نے کہا: "چل میرے ساتھ۔ کہاں ہے تیرا گھر؟"

بچی نے اُنگلی سے نور منزل کی جانب اشارہ کیا اور دونوں بچے حیرت اور خوشی سے تقریباً اچھلتے کودتے اُدھر کو چل دئے۔ نور منزل کی مسجد کی دیوار تلے چھپر پڑی ایک خستہ سی جھونپڑی کے سامنے رُک کر بچے زور زور سے چلانے لگے: "اماں، اے اماں! جلدی سے آ۔ دیکھ باؤجی آئے ہیں۔"

جھونپڑی سے ایک کمزور سی عورت سر پر دوپٹہ سنبھالتی ہوئی نکلی۔ اس کے ننگے پیر جگہ جگہ سے پھٹ رہے تھے اور ہاتھ کی لکیریں خاک اور راکھ سے اس کی تقدیر کی طرح سیاہ تھیں۔ پیچھے پیچھے ایک سوکھا کمزور مرد پھٹا تہمد باندھے آدھے بدن سے ننگا نکل کر آیا۔ دونوں ہمیں دیکھ کر گھبرا گئے۔ انہوں نے جھونپڑی پر کسی سفید پوش کو آتے ہوئے کب دیکھا ہو گا! عورت ڈرتی ڈرتی بولی: "جی ساب! ان دونوں نے کچھ کیا ہو گا؟ بڑے بدماس ہیں یہ دونوں باؤجی۔ کیوں ری مریم کیا سرارت کی تو نے؟" اس نے مارنے کو ہاتھ اٹھایا تو بچی سہم کر پیچھے ہٹ گئی۔

مختار بیڑی نے بچی کو اپنے پیچھے کرتے ہوئے کہا: "ارے ٹھیر ذرا! بچوں نے کچھ نہیں کیا ہے۔ دیکھ، لڑکے کے ہاتھ سے تیرے دئے ہوئے پانچ روپے کہیں کھو گئے ہیں مگر اسے تو مارنا نہیں بھلا؟ لے یہ تھیلا۔ اس میں دال چاول ہیں، میں لیتا آیا ہوں۔ اور لے یہ کچھ روپے بھی رکھ لے۔ بچوں کے کام آئیں گے۔"

اس نے پچاس روپے کا ایک نوٹ عورت کے لرزتے ہوئے ہاتھ میں تھما دیا۔ بچوں کا باپ اب زمین پر اُکڑوں بیٹھا یہ تماشہ دیکھ رہا تھا۔ مختار بیڑی نے پلٹ کر ایک جھٹکے سے اپنے بدن سے قمیص اتار کر اس مرد کے ننگے کندھوں پر ڈال دی اور خود بنیان پہنے پہنے گھر کی جانب لوٹ پڑا۔ میں اس کے ساتھ پلٹا تو مختار کی چندھی آنکھیں آنسوؤں سے لبریز تھیں۔ اُدھر مسجد سے مؤذن کی خوبصورت آواز ہوا کے کاندھوں پر سوار لہرا رہی تھی: "حی علی الصلات! حی علی الفلاح!" اور سڑک پر کئی نمازی سروں پر ٹوپیاں سنبھالتے ہوئے مسجد کی جانب تیز تیز قدموں سے جا رہے تھے۔

***

زادِ راہ

آج منشی خوشی محمد کے چچا حاجی تفضل حسین مرحوم کا چالیسواں تھا۔ حاجی صاحب مرحوم نے تقریباً اسی سال کی عمر پائی تھی۔ متقی، پرہیز گار، صوم و صلوۃ کے پابند بڑے پیارے بزرگ تھے۔ ان کی نیکی اور خدا ترسی کا چرچا دور دور تک تھا اور لوگ ان کی بڑی عزت کرتے تھے۔ کیا چھوٹے کیا بڑے ہر ایک کا "دادا میاں، دادا میاں!" کہتے ہوئے منہ سوکھتا تھا۔ اس عمر میں وہ اوروں کے لئے کچھ کر تو نہیں سکتے تھے لیکن سب سے ہنس کر ملتے اور منہ بھر بھر کر دعائیں دیتے تھے۔ اُن کے جنازے پر شہر کا شہر ٹوٹ پڑا تھا اور جریب کی چوکی سے لے کر روٹی والی گلی تک سے سوگوار لوگ شرکت کے لئے آئے تھے۔ لوگوں کا کہنا تھا کہ اس سے پہلے ایسا شاندار جنازہ کسی اور کا نہیں اٹھا تھا۔

حاجی صاحب مرحوم کی اپنی کوئی نرینہ اولاد نہیں تھی اور تینوں بیٹیاں اپنے اپنے گھروں کی تھیں۔ وہ منشی جی کو بیٹے کی طرح عزیز رکھتے تھے اور منشی جی بھی چچا جان کا بڑا احترام کرتے تھے۔ مدت ہوئی ضد کر کے حاجی صاحب اور چچی کو اپنے ساتھ رہنے کے لئے لے آئے تھے کہ بڑھاپے میں تنہا چھوڑنا ان کو منظور نہیں تھا۔ مختار بیڑی جو منشی جی سے اللہ واسطے کا بیر رکھتا تھا ان کی اس سعادتمندی پر گالیوں کے درمیان اپنے اطمینان کا اظہار کر دیا کرتا تھا: "منشی جی نے ساری عمر چار سو بیسی کی مگر ایک یہی کام سالا انہوں نے اچھا کیا۔"

حاجی تفضلحسین مرحوم منشی جی کی کچہری کی ملازمت سے کچھ خوش نہیں تھے۔ عموماً کچھ بھتیجہ کی محبت میں اور کچھ مصلحت کے پیش نظر خاموش دل ہی دل میں کڑھتے رہتے تھے مگر کبھی کبھی دبی زبان سے ٹوک بھی دیتے: "بیٹا کیوں ایسی بد ذات نوکری جان کو لگا رکھی ہے؟ نہ اللہ خوش اور نہ ہی دنیا والے۔ چھوڑ دو اس کو۔ اللہ بڑا رازق ہے، کہیں بہتر نوکری دلوا دے گا۔ اور کچھ نہیں تو کوئی چھوٹی موٹی دوکان ہی کر لینا۔ کمائی تو حلال کی ہو جائے گی۔"

منشی جی سر جھکائے، آنکھیں چرائے "ہوں، ہاں" کر کے ادھر اُدھر کھسک جاتے۔ وہ بھی آخر کیا کرتے۔ ایک تو اچھی تنخواہ کی نوکریاں کوئی بازار میں تھوڑی بک رہی تھیں کہ گئے اور خرید لائے۔ کیسے کیسے بی اے، ایم اے خالی خولی مارے مارے پھر رہے تھے۔ بس کنڈکٹری تک کے لئے بھی بڑی سفارش اور بھر پیٹ رشوت چاہئے تھی۔ پھر کچہری کی نوکری ایسی کیا بری تھی؟ اللہ نے یہ ملازمت دلوائی تھی تو اس کو چھوڑ کر کفران نعمت کے گنہگار کیوں ہوتے۔ اب دیکھئے کہ وہ ہر صبح "توکلت علی اللہ" کہہ کر گھر سے نکلتے تھے اور شام کو اللہ کے فضل و کرم سے جیب بھر لاتے تھے۔ آخر ان کو آٹھ افراد کا گھر بھی تو چلانا تھا۔ برادری میں اپنی ساکھ قائم رکھنی تھی۔ بیٹیوں کی شادیاں کرنے کو پڑی تھیں۔ ٹھیک ہے، تھوڑی سی ہیرا پھیری کرنی ہوتی تھی، سو وہ کون سی نوکری یا کس دوکانداری میں نہیں کرنی پڑتی تھی؟ جس اللہ نے کچہری کی نوکری دلوائی تھی وہی معاف بھی کر دے گا۔ انشا اللہ!

ویسے منشی جی کے دل میں حاجی صاحب مرحوم کی باتوں سے ایک چور سا بیٹھ گیا تھا۔ شاید اُسی نے اُن کو چالیسویں کی فاتحہ کا زبردست انتظام کرنے پر مجبور کیا تھا۔ ہفتہ بھر پہلے سے ان کا بیٹا ولی محمد دور دور تک دعوت نامہ لے کر گیا تھا: "اگلی سنیچر کو ہمارے گھر دادا

جان کی چالیسویں کی فاتحہ ہے۔ عصر کی نماز کے بعد قرآن خوانی ہے، پھر فاتحہ ہو گی۔ مغرب کی نماز چوراہہ کی مسجد میں ہے اور پھر کھانا۔ اباجی نے بہت بہت کہا ہے کہ ضرور آویں۔"

ولی محمد جب خلیل خاں کی بزازے کی دوکان پر دعوت دینے آیا تھا تو میں اور مختار بیڑی وہیں بیٹھے ہوئے تھے۔ ولی محمد کی رٹی رٹائی تقریر مختار اپنی چندھی آنکھوں کو مچ مچ کر کے سنتا رہا۔ وہ عام طور سے ایسے موقعوں پر خاموش نہیں رہتا تھا مگر شاید اس مرتبہ حاجی صاحب مرحوم کا لحاظ کر کے بڑے جبر سے بیٹھا رہا۔ اُدھر ولی محمد گیا اور اِدھر مختار بیڑی نے مُڑ کر خلیل خاں کے منھ پر چاند مار کہ بیڑی کا دھُواں پھونکتے ہوئے پوچھا: "کیوں برخوردار! جاؤ گے سالے چالیسویں کا تَرمال کھانے؟"

خلیل خاں نے اس بدتمیزی پر تیوری چڑھا کر جواب دیا: "ہاں ہاں! جائیں گے کیوں نہیں؟ اللہ کے کام سے جی چرائیں گے کیا؟ اور یہ تم ہر وقت بے لگام کیوں رہتے ہو، کوئی بات بغیر گالی دئے نہیں کہہ سکتے کیا؟"

مختار بیڑی بے اختیار اپنی مخصوص ہنسی سے بے حال ہو گیا۔ "کھی کھی کھی! ہاں ہاں کرتے کیوں نہیں ہیں، مگر صرف تمہاری بھابھی سے! تم جیسے گھامڑوں سے نہیں!"

اس نے خلیل خاں کو آنکھ ماری: "مگر تو چالیسویں میں جا کر کرے گا کیا سالے؟ یہ کیا ان :۔۔: نے بیسواں چالیسواں لگا رکھا ہے۔ سب سالی ہندوؤں کی رسمیں پال رکھی ہیں۔ بیٹھ کر قورمہ اور بریانی پر ہاتھ صاف کریں گے اور پھر سالن میں نمک ٹھیک نہ ہونے کی شکایت کریں گے۔ حاجی صاحب بیچارے تو سدھار گئے، اب یہ سالے مفت خورے تو انہیں یاد بھی نہیں کریں گے کبھی۔" تقریر سے فارغ ہو کر اس نے میری جانب دیکھا جیسے میری تائید چاہ رہا ہو۔ میں نے جھٹ سڑک پر سے گزرتی ہوئی اینٹوں سے لدی

گاڑی پر یوں نگاہیں گاڑ دیں جیسے گاڑی دیکھنے کا یہ پہلا اتفاق تھا۔ میں مختار بیڑی سے خوب واقف تھا۔ کون اس کانٹے دار جھاڑی سے الجھ کر اپنا دامن تار تار کراتا!

خلیل خاں نے معاملہ رفع دفع کرنے کے لئے مختار کی جانب اشارہ کرتے ہوئے مجھ سے کہا: "تم تیار رہنا۔ میں اُدھر ہیا جاؤں گا پھر اِس خبیث اور کاظم کو لیتے ہوئے منشی جی کی طرف چلیں گے۔ میں تو عصر گھر سے ہی پڑھ کر نکلوں گا۔"

یہ آخری جملہ بالکل غیر ضروری تھا اور اس کا مقصد ہم بے دین لوگوں کو جتانا تھا کہ "تمہارے ساتھ میری دنیا تو مجبوراً خراب ہو رہی ہے مگر عاقبت پر تو مجھے اختیار ہے!" مختار بیڑی پر ایسے اوچھے حملے کا پہلے کب اثر ہوا تھا جو آج ہوتا۔ بیڑی نالی میں پھینک کر دوکان کے تختہ سے اٹھتا ہوا بولا: "ابے، جب اپنی نماز پڑھے تو ہمارے لئے بھی پڑھ لینا! ثواب ملے گا۔ آخر لوگ دوسروں کی طرف سے حج وج بھی تو کرتے ہیں، پھر نماز میں سالا ایسا کیا سُرخاب کا پر لگا ہوا ہے؟ اور ہاں بیٹا! چالیسویں والے دن ہمیشہ کی طرح فاقہ کرنا نہ بھولنا ورنہ وہاں پیٹ بھر نہیں کھا پائے گا۔ اچھا سلاما لیکم!"

خلیل خاں جھلا کر کوئی سخت جواب دینے ہی والا تھا کہ مختار بیڑی پلٹ کر چل دیا اور میں بھی کھسیانی مسکراہٹ میں دانت نکوس کر اس کے پیچھے روانہ ہو گیا۔

-

منشی خوشی محمد نے حاجی صاحب کی فاتحہ کا واقعی بڑا زبردست انتظام کر رکھا تھا۔ ساری گلی بجلی کے قمقموں سے جگمگا رہی تھی۔ دو طرف قناتیں لگا کر دریاں بچھا دی گئی تھیں فرشی انتظام تھا۔ بیچ میں لمبا زرد رنگ کا نقشین دستر خوان بچھا ہوا تھا جس پر شکر پاروں کے بے ڈول ڈزائن کے درمیان نہایت بھونڈے سیاہ حرفوں میں جگہ جگہ یہ شعر لکھا ہوا تھا:

شکر بجا آر کہ مہمان تو۔۔روزئی خود می خورد از خوان تو

دستر خوان کے دونوں طرف پھسکڑا مارے لوگوں کی قطار بقول مختار بیڑی "لمبے لمبی ہاتھ مار رہی تھی"۔ قورمہ، زردہ، بریانی اور نان! اج جی بھر کر کھالو میاں! کل سے پھر وہی گھر کا پھیکا سیٹھا کھانا ملے گا! ایک کونہ میں رحمانی یتیم خانہ سے بلوائے ہوئے پندرہ بیس بچے خاموشی سے کھانا کھا رہے تھے۔ معمولی پرانے کپڑے پہنے، بڑھے ہوئے بال، بھوکی ویران آنکھیں اور تیزی سے چلتے ہوئے ہاتھ، جیسے ڈر ہو کہ کوئی آکر سامنے سے کھانا اٹھا کر نہ لے جائے۔ اُن کے ساتھ دستر خوان پر ایک بزرگ بھی بیٹھے کھا رہے تھے۔ نکلتا ہوا قد، کھلی رنگت، سفید براق سی داڑھی، چہرہ کی رونق نورانی آنکھوں میں لگے سُرمے سے اور بڑھ گئی تھی۔ سر پر دو پلی ٹوپی، بدن پر ڈھیلا ڈھالا لمبا گیروا کرتا اور بڑے گھیر کا پاجامہ، کاندھے پر سرخ چار خانہ دار رومال اور ہاتھ میں کالے منکوں کی بڑی سی تسبیح جو اس وقت بحالت مجبوری اپنے گھٹنے کے پاس دری پر رکھی ہوئی تھی۔ شاید رحمانی یتیم خانے کے نگراں تھے۔ ہم انہیں دوسری جگہوں پر بھی یتیموں کے ساتھ دیکھ چکے تھے۔ نہایت بے ضرر سے انسان تھے۔ جہاں بھی موت یا زندگی کے کسی موقع پر یتیم خانے سے بچے بلوائے جاتے تھے یہ بزرگ بھی ساتھ ہوتے تھے۔ خاموشی سے آتے، جتنی دیر بیٹھتے تسبیح پھیرتے رہتے تھے اور کھانا ختم ہونے پر خاموشی سے ہی یتیموں کی ٹولی کے ساتھ ہی واپس چلے جاتے تھے۔ لوگ ان کی بڑی عزت کرتے تھے۔

محفل کی ہما ہمی میں باورچی گھر سے مہمانوں کو کھانا پہنچانے والوں کو بھلا کہاں فرصت تھی کہ یتیم بچوں کی جانب توجہ کرتے۔ وہ ویسے ہی کیا کم مصروف تھے۔ چاروں طرف سے برابر آوازیں آرہی تھیں:

"بھئی! ذرا گرم چاول کا طباق ادھر بڑھا دیں۔ یہ چاول تو بالکل ٹھنڈے ہو گئے ہیں۔

"

"میاں! کیا سالن ہی سالن لا رہے ہو! بوٹیاں تو جیسے ہیں ہی نہیں۔"

"مرزا جی! ذرا راستے کا ڈونگا ادھر کھسکا دیں۔ اور ہاں نان بھی!"

"واہ واہ صاحب، واہ واہ! کھانا کس قدر اچھا ہے۔ حاجی صاحب کی روح کیسی خوش ہو رہی ہو گی۔"

یہ تو معلوم نہیں کہ حاجی صاحب مرحوم کی روح کتنی خوش تھی البتہ یتیم بچے ضرور سہمی سہمی نظروں سے پلیٹوں کو دیکھ رہے تھے۔ مختار بیڑی کو ان کی بیکسی پر تاؤ آ گیا تھا۔ اپنا کھانا چھوڑ کر اٹھ کھڑا ہوا، کسی سے تو اس نے کچھ نہیں کہا، بس باورچی خانے سے کھانے کی کھیپ جلدی جلدی لا کر یتیموں میں تقسیم کرنے لگا تھا۔ خلیل خاں اس کی اس احمقانہ حرکت پر سر ہلا کر قورمہ کی طرف پھر متوجہ ہو گئے تھے، جیسے کہہ رہے ہوں کہ:
"اس پاگل کا کیا ہے۔ ایسی حرکتیں تو یہ روز ہی کرتا رہتا ہے! لاحول ولا قوۃ!"

کھانا کھا کر یتیم بچے جانے کے لئے کھڑے ہوئے تو مختار نے جیب سے کچھ نوٹ نکال لئے جو شاید کل ہی شام ہم سے تاش میں جیتے تھے۔ وہ بچوں کے پاس گیا اور ہر بچہ کے ہاتھ میں پانچ پانچ روپے رکھنے لگا۔ بچے اسے حیرت سے دیکھ رہے تھے۔ ان کی زندگی میں شاید یہ پہلا موقع تھا جب کوئی ان سے ہمدردی سے پیش آیا تھا۔ ایک بچہ نے روپے دیکھ کر کہا: "ساب ہم اس کا کیا کریں گے؟"

مختار نے اس کے سر پر ہاتھ رکھ کر کہا: "بیٹا! کچھ لے کر کھا لینا۔"

اس بچہ نے مایوسی سے روپے مختار بیڑی کی ہتھیلی پر واپس رکھ کر جواب دیا: "ساب ہم یتیم کھانے واپس جائیں گے تو مولی ساب ہم سے سب چھین لیں گے۔ ہمیں تھوڑی ملے گا۔"

مختار بیڑی اک دم غصہ سے تھر تھر کانپنے لگا۔ "ابے کیسے لے لیں گے، ان کے باپ کا مال ہے کیا؟ چلو میرے ساتھ۔ میں ابھی مولی ساب سے بات کرتا ہوں۔ سالوں کا دماغ خراب ہو گیا ہے۔"

لڑکا سہم ہی تو گیا۔ ڈرتے ڈرتے بولا: "مگر ساب یہاں تو مولی ساب نہیں ہیں۔ پھر انہیں معلوم ہو گا کہ ہم نے شکایت کی ہے تو بہت ماریں گے۔"

مختار اب بے قابو ہو چلا تھا: "ابے ماریں گے کیسے، میں جو موجود ہوں۔ وہ مولی ساب سامنے بیٹھے ہیں۔ تو چل میرے ساتھ۔ ابھی ٹھیک کئے دیتا ہوں میں سب!" اُس نے ان بزرگ صورت نگراں کی جانب اشارہ کیا جو بڑی سی ڈکار لے کر تسبیح ہاتھ میں لٹکائے جانے کو تیار تھے۔

یتیم بچہ نے ایک نظر اُن بزرگ کو دیکھا اور پھر مسکرا کر مختار سے بولا: "ساب! یہ مولی ساب تھوڑی ہیں۔ یہ تو مالوم نہیں کون ہیں۔ یتیم کھانے کے درواجے پر بیٹھے رہتے ہیں اور جب ہم لوگ کہیں کھانے پر جاتے ہیں تو ساتھ ہو لیتے ہیں۔ ان کا توروج کا یہی کام ہے۔"

اڑا اڑا دھم! مختار سکتہ کی سی حالت میں کھڑا کا کھڑا رہ گیا جیسے کسی نے ہاتھ گھما کر اس کو ایک زناٹے کا تھپڑ رسید کر دیا ہو۔ ابھی وہ اس کیفیت سے نکل نہیں سکا تھا کہ خلیل خاں نے بڑھ کر اس کا ہاتھ تھام لیا اور مجھے ساتھ آنے کا اشارہ کر کے مختار بیڑی کے ساتھ گھر کی جانب روانہ ہو گیا۔

-

اُس دن کے بعد سے مختار کچھ کھویا کھویا سا رہنے لگا۔ تاش کھیلتے کھیلتے سوچ میں ڈوب جاتا مگر اتنا بھی نہیں کہ ہار جائے! چال ڈھال کا پرانا والہانہ پن البتہ قدرے کم ہو گیا تھا۔

گالیاں وہ عادتاً اب بھی دیتا تھا لیکن ان میں پہلی سی بے ساختگی اور پھکڑ پن نہیں تھا۔ کہاں تو خلیل خاں اسے نیکی کی تلقین کرتے تھے اور سید کاظم حسین اس کی گالیوں پر بھنا کر جوابی گالی رسید کرتے تھے اور کہاں اب اس کی خاموشی سے پریشان تھے۔ طرح طرح سے اسے چھیڑتے اور چٹکیاں لیتے مگر وہ ان کی حرکتوں پر مسکرا کر چاند مارکہ بیڑی کا دھواں ہَوا میں اڑا دیتا۔ میرا خیال تھا کہ وہ یا تو اداکاری کر رہا تھا یا پھر چالیسویں والے دن کی بات کا اثر وقت کے ساتھ خود ہی ختم ہو جائے گا۔ مختار بیڑی کے سنورنے اور شرافت کا چولا اختیار کر لینے کا تصور بھی ہمارے لئے مشکل تھا۔ آخر چور چوری سے تو جا سکتا ہے، ہیرا پھیری سے تو کب جاتا ہے؟

ایک شام ہم تینوں مختار کے گھر بیٹھے ہوئے تھے۔ کلثوم بھابھی چائے لے کر آئیں تو خلیل خاں سے نہیں رہا گیا اور مختار کی خاموشی اور بیدلی کی شکایت کر بیٹھے۔ بھابھی جیسے بھری بیٹھی تھیں:

"اے ہے! بھائی صاحب، میں تو خود دُگدھا میں پڑی ہوئی ہوں۔ جنے ان کو کیا ہو گیا ہے! گھر سے پہلے بھی انہیں کون سی دلچسپی تھی اور اب تو یوں رہوے ہیں جیسے مُوا کسی غیر کا گھر ہو۔ میں تو سمجھوہوں کہ ان کو کسی کی نظر لگ گئی ہے!"

ان کی ایسی معصوم بات پر میں بے ساختہ مسکرا دیا اور کاظم تو باقاعدہ کھی کھی کرنے لگا۔ خلیل خاں البتہ کھنکھارنے کے بہانے انگوچھا منھ پر رکھ کر اپنی مسکراہٹ چھپا گئے۔ مختار بیڑی اور نظر؟ لاحول ولا قوۃ! میں نے کلثوم بھابھی سے کہا: "بھابھی، آپ بھی کیا بات کرتی ہیں! یہ نظر وظر کوئی چیز نہیں ہوتی ہے۔ سب وہم ہے وہم! چند روز میں دیکھئے گا کہ بالکل ٹھیک ہو جائے گا یہ!"

کاظم حسین نے جیسے نہلے پر دہلا مارا: "ارے بھابھی! کیسی نظر اور کہاں کی نظر! ذرا

اس شکل کو تو دیکھو۔ ایمان کی کہو بھلا ایسی صورت کو نظر لگ سکتی ہے؟"

کلثوم بھابھی نے اَدبدا کر اپنے شوہرِ نامدار کی طرف دیکھا تو ظالم نے مسکرا کر انہیں آنکھ مار دی! وہ غریب ہڑبڑا کر ایسی جھینپیں کہ اللہ دے اور بندہ لے۔ ہم لوگوں کا ہنستے ہنستے برا حال ہو گیا۔ کاظم تو کرسی سے لڑھک کر فرش پر لوٹ پوٹ ہو گیا اور کلثوم بھابھی اپنی ہنسی دوپٹہ کے پلو میں چھپائے مصنوعی غصہ سے بڑبڑاتی ہوئی کمرہ سے نکل گئیں :"توبہ، توبہ! نہ اللہ مارا وقت دیکھیں، نہ آدمی پہچانیں۔ نگوڑی کوئی تُک ہے آخر؟ اس عمر کو پہنچ گئے مگر اپنی حرکتوں سے باز نہیں آتے۔ ایں نہیں تو!"

اُس دن سے یہ ضرور ہُوا کہ مختار بیڑی کی طبیعت کا غبار تیزی سے چھٹنے لگا اور جلدی ہی وہ اپنی پرانی حرکتوں پر آ گیا۔ اب یہ اور بات ہے کہ اس کی بحالیٔ طبیعت کے ساتھ تاش کی بازیاں بھی تیز ہو گئیں اور اسی تناسب سے ہماری جیبیں بھی خالی ہونے لگیں۔ مگر سچ پوچھئے تو یہ سودا ایسا مہنگا نہیں تھا!

-

خلیل خان اس کو خونخوار نظروں سے دیکھ کر رہ جاتا اور کسی گاہک کی جانب متوجہ ہو جاتا۔ تبلیغی جماعت کا ممبر بن جانے کے بعد سے اس نے مختار بیڑی سے گالم گلوج کا تبادلہ تقریباً بند کر دیا تھا۔ چونکہ عادت بہت پرانی تھی اس لئے اس کا یکسر ختم ہو جانا ذرا مشکل تھا، کبھی نہ کبھی منھ سے کچھ نکل ہی جاتا تھا۔ میں خلیل خان کی تقریر اس کی منگوائی ہوئی چائے کی پیالی میں غرق کرتا ہوا سڑک پر لوگوں کا ہجوم دیکھتا جا رہا تھا کہ اس کا لڑکا جلیل سائیکل بھگاتا ہوا دوکان پر پہنچا اور تیزی سے بریک لگا کر سائیکل کو دوکان کے تختے پر دھم سے لگا کر ہانپتا کانپتا دوکان پر چڑھ آیا۔ اس کے چہرہ پر ہوائیاں اڑ رہی تھیں۔

"ابا جی! ابا جی! جلدی سے چلئے۔ مختار چچا کو چوٹ لگ گئی ہے۔ وہ ادھر چوراہہ پر!

بڑی بھیڑ لگی ہوئی ہے۔"

"ایں! کیا کہتا ہے بھئی؟ مختار کو چوٹ لگ گئی ہے؟ تو نے خود دیکھا ہے کہ سنی سنائی اڑا رہا ہے؟" خلیل خاں نے پوچھا۔

"نہیں، ابا جی! خدا کی قسم، میں نے خود دیکھا ہے۔ اُدھر چوراہہ پر موٹر سے ٹکر ہو گئی ہے۔" اس کی آنکھوں میں آنسو بھرے ہوئے تھے۔

ہم لوگ بھاگم بھاگ ہانپتے کانپتے چوراہہ پر پہنچے تو وہاں سیکڑوں آدمیوں کا مجمع لگا ہوا تھا۔ چیخ پکار مچی ہوئی تھی۔ بھیڑ کو چیر کر ہم دونوں آگے بڑھے تو سڑک کے کنارے مختار بیڑی کا خون سے لت پت بے جان جسم پڑا ہوا تھا جس پر اس کے سرہانے بیٹھے کاظم حسین نے اپنا کوٹ پردہ کے لئے ڈال رکھا تھا اور خود سڑک پر سر پکڑے رو رہا تھا۔ آہ! مختار بیڑی! یہ کیا ہو گیا؟ خلیل خان بے اختیار مختار کے بے جان جسم سے لپٹ کر دہاڑیں مار مار کر رونے لگا۔ اس کی حالت دیکھی نہیں جاتی تھی۔ میرا حال بھی خراب تھا۔ ایسا محسوس ہو رہا تھا جیسے ہماری ساری کائنات ہی اڑا اڑا دھم کر کے ہمارے ارد گرد ملبہ کا ڈھیر ہو کر رہ گئی ہو۔ آنکھیں بار بار مختار پر جاتیں اور پھر خون کی اس باریک لکیر کے ساتھ ساتھ دور تک چلی جاتیں جو نالی میں جا گری تھی۔ بھیڑ میں لوگوں کی بھنبھناہٹ کی آوازیں کانوں میں گونج رہی تھیں:

"ارے رام رام! یہ کیا ہو گیا؟ کون تھے یہ صاحب؟"

"چچ چچ چچ! مر گیا بے چارہ! پتہ نہیں کون ہو گا۔ ارے بھیا کوئی پولس اور اسپتال بھی گیا کہ نہیں؟"

"سالی ٹریفک بھی تو بالکل اندھی ہو گئی ہے۔ روج جہاں تہاں ایکسیڈنٹ ہوتے رہتے ہیں سالے!"

"ارے بھائی! اللہ کی مرضی میں کسی کا کیا دخل ہے۔ ان کی اسی طرح لکھی تھی۔ ہم کو بھی ایک دن جانا ہے!"

اور ادھر پہلوان پنواڑی دوکان کے تختہ پر منھ میں ڈبل پان دبائے اچھل اچھل کر ہر آنے والے کو وہ قصہ سنا رہا تھا جس کو معلوم نہیں وہ پہلے کتنی بار سنا چکا تھا۔

"ارے بھیا! ہم نے سب کچھ اپنی پاپی آنکھوں سے دیکھا ہے۔ جوانی کسم اب تلک ساری تصویر پھلم کی مافک آنکھوں میں گھوم رہی ہے۔ کوئی جھوٹ تھوڑی بول رہے ہیں! اُدھرپلّی سڑک سے مکھتار باؤجیا رہے تھے۔ روج اسی ٹائم آتے تھے اور چاند مارکہ بیڑی کا بنڈل اور ماچس لیتے تھے۔ بڑے اچھے آدمی تھے بیچارے۔ تو بھیا! کیا ہوا کہ جنے کدھر سے ایک بچہ دوڑ کر سالی سڑک پار کرنے لگا اور اُدھر سے آرہی تھی دندناتی ہوئی جیپ! بچہ تو جرور ہی دب کر مر جاتا۔ پر مکھتار باؤجی اک دم سڑک کے بیچوں بیچ کود پڑے اور چھلانگ لگا کر بچہ کو نالی میں پرے دھکیل دیا۔ پر بھیا! وہ کھُد کو نہیں بچا سکے اور جیپ سے پچ سے دب گئے۔ باپ رے باپ! اتنا کھون نکلا جیسے کسی نے نلکا کھول دیا ہو۔ سب ہم نے دیکھا بھیا! کوئی جھوٹ تھوڑی بول رہے ہیں!۔۔"

--

اسی سہ پہر ہم تین دوستوں نے مختار کی میت کو غسل دیا۔ جتنا پانی استعمال ہوا اتنے ہی آنسو بھی شامل ہو گئے ہوں گے۔ بالٹیاں بھر بھر کر پانی ختم ہو گیا مگر اس کے زخموں سے خون کا رسنا بند ہی نہیں ہوتا تھا۔ کفن پہنایا تو جا بجا جیتے جاگتے خون کے دھبے رہ گئے تھے جیسے وہ دنیا کو بتانا چاہتے ہوں کہ "دیکھو! شہید ایسے ہوتے ہیں!" اُدھر کلثوم بھابی پڑوسنوں کے درمیان فرش پر گم سم سکتے کے عالم میں بیٹھی تھیں۔ اِدھر اُدھر سے رہ رہ کر بچوں کی سسکیوں کی آواز سے یہ طلسم ٹوٹ جاتا تھا۔ سارا محلہ جمع تھا اور فضا سوگوار

تھی۔

نماز چوراہہ کی مسجد کے باہر ہوئی۔ سیکڑوں لوگ قطار اندر قطار کھڑے تھے۔ ایک کاظم حسین ہی تھا جو میت کے سرہانے زمین پر گھٹنوں میں سر دیئے بیٹھا تھا۔ کسی کی ہمت نہیں ہوئی کہ اس سے نماز کے لئے کہتا۔ جنازہ اٹھا تو وہ گہری سانس لے کر ساتھ ہو لیا اور تمام راستہ سر جھکائے اپنے خیالوں میں گم چلتا رہا۔ اُدھر خلیل خاں نے گہوارے کا ایک پایہ سنبھالا تو پھر چھوڑنے سے انکار کر دیا۔ کوئی کاندھا بدلنے کو آگے بڑھتا تو ہاتھ کے اشارہ سے منع کر دیتا۔ آدھے میل چل کر جب قدم لڑکھڑانے لگے تو لوگوں نے سمجھا بجھا کر کاندھا بدل لیا۔ دیکھتے دیکھتے جریب کی چوکی کا قبرستان آ گیا۔ مختار اب اپنی منزل کو پہنچ رہا تھا۔

میت کو قبر میں اتارنے کے لئے میں پیروں کی جانب اتر گیا اور کاظم حسین سرہانے۔ لوگوں نے "ہوشیاری سے! ذرا سنبھل کے بھائی! بسم اللہ!" کی آوازوں کے درمیان میت کو نیچے اتارا اور ہم دونوں نے کانپتے ہوئے ہاتھوں اور اشکبار آنکھوں کے ساتھ اس کو سنبھال کر آہستہ سے زمین پر رکھ دیا۔ کاظم حسین نے جھک کر کفن کے سرہانے کے بند کھولے اور اپنے بدن کی آڑ میں قبر میں جھانکتے ہوئے لوگوں کی نظر بچا کر میت کے دائیں شانے کے نیچے کچھ رکھ دیا۔ میری نظر پڑی تو میں بے اختیار چَونک پڑا! ارے، یہ کیا؟ میرے منھ سے کچھ نکلنے ہی والا تھا کہ کاظم نے نظر اُٹھا کر میری جانب دیکھا۔ اُف! کس قدر کرب تھا اُن آنکھوں میں! کیسی اُداسی! کیسی گھٹن! جیسے وہ مجھ سے کہہ رہا ہو:

"خدا کے لئے خاموش رہو سرور! مجھے اپنے دوست کو یہ آخری تحفہ دے لینے دو۔ پھر تو میں اسے کچھ نہیں دے سکوں گا۔"

اور میں نے خاموشی سے نگاہیں جھکالیں۔ میت کے پیروں کی طرف کے بند کھولے اور خلیل خاں کا نیچے بڑھا ہوا ہاتھ پکڑ کر قبر سے باہر آگیا۔ کاظم حسین نے قبر تختوں سے پاٹ دی اور آخری تختہ لگانے سے پہلے جھری میں سے اندر جھانکا جیسے خدا حافظ کہہ رہا ہو اور پھر آخری تختہ بھی لگا دیا گیا۔ ایک طرف سے آواز آئی: "مٹی دے دیجئے!" لوگوں نے دھپا دھپ تین تین مٹھیاں مٹی قبر میں ڈال دی اور ہاتھ جھاڑ کر ادھر اُدھر کھڑے ہو گئے۔ گورکن نے پھاوڑے سے قبر بھر دی۔ لوگوں نے فاتحہ کے لئے ہاتھ اٹھائے اور پلٹ کر اپنے اپنے گھروں کو روانہ ہو گئے۔ مختار بیڑی اب افسانہ بن چکا تھا۔

روایت مشہور ہے کہ قبر میں میت کے پاس فرشتے آتے ہیں اور مرحوم سے سوال و جواب کرتے ہیں۔ میں تھکا ہارا گھر کی جانب واپس جا رہا تھا تو سوچ رہا تھا کہ جب اللہ کے بھیجے ہوئے وہ فرشتے مختار کے پاس آئے ہوں گے تو اُس کے پاس رکھے ہوئے چاند مارکہ بیڑی کے بنڈل کو دیکھ کر کیا کہا ہوگا؟

***

میلاد شریف

ٹانگہ ٹخ ٹخ کرتا بانس منڈی کے چوراہہ کی مسجد کے قریب کھڑا ہو گیا۔ اُس کی چھت پر آگے پیچھے منھ کئے دو لاؤڈ اسپیکر بندھے ہوئے تھے اور پچھلی سیٹ پر میلے کچیلے کرتے پاجامے اور پلاسٹک کی ہوائی چپل میں ملبوس، سر پر تیل سے چیکٹ دو پلی ٹوپی منڈھے ایک شخص مائکروفون میں کرخت آواز سے اعلان کر رہا تھا۔ محلہ کے دس بارہ بچے اور دو چار بیکار نوجوان یونہی تانگہ کے پاس آکر کھڑے ہو گئے تھے حالانکہ اس کا اعلان دور سے بھی سنا جا سکتا تھا۔ لاؤڈ اسپیکر سے منڈھا ہوا یہ تانگہ اور اُس میں بیٹھا ہوا آدمی ان کی بے رنگ اور پھیکی زندگی میں چند لمحوں کے لئے شاید رنگ اور مزہ فراہم کر رہے تھے۔ مائکروفون والے اعلانچی کو بھی اپنی اہمیت کا احساس ہو گیا تھا۔ وہ بائیں ہاتھ سے ٹوپی درست کرتے ہوئے، شین قاف پر زور دے کر اعلان میں مصروف تھا اور برابر فاتحانہ نظروں سے پاس کھڑی ہوئی بے ہنگم بھیڑ کو دیکھ رہا تھا:

"برادرانِ اسلام! اگلی سنیچر، پچیس ستمبر کو رات کے آٹھ بجے محلہ چمن گنج کے محمد علی پارک میں میلاد شریف کا ایک عظیم الشان جلسہ ہونے والا ہے۔ اس میں مولانا محمد حسین فرنگی محل اور مفتی عبدالسمیع صاحبان بیان فرمائیں گے۔ میلاد شریف کے بعد مچھلی بازار کے حاجی پریس کے مالک حافظ حاجی سلیم احمد صاحب کی طرف سے تبرک تقسیم کیا جائے گا۔ آپ سب سے درخواست ہے کہ جلسہ میں زیادہ سے زیادہ تعداد میں شریک ہو کر اسے کامیاب بنائیں اور ثواب دارین حاصل کریں۔"

تبرک کا نام سن کر لڑکوں کے چہروں پر مسکراہٹ دوڑ گئی۔ تانگا دو ایک مرتبہ اعلان کر کے آگے بڑھ گیا اور دیر تک دور سے اس کی آواز آتی رہی: "برادرانِ اسلام! اگلی سنیچر، پچیس ستمبر کو۔"

قریب ہے مسلم ہوٹل میں چائے پیتے اور نمک پارے ٹھونگتے ہوئے ثناء اللہ نے میری طرف دیکھ کر کہا: "سرور بھائی! یہ میلاد و یلاد کا کیا چکر اِن ملاٹوں نے لگا رکھا ہے؟ اور کوئی کام انہیں کرنے کو نہیں رہ گیا ہے کیا؟ جتنا پیسا ان جلسوں جلوسوں میں پھونکتے ہیں اس سے غریبوں، یتیموں اور بیواؤں کی پرورش وغیرہ کا انتظام کیوں نہیں کرتے؟ اس میں تو شاید ثواب بھی مل جائے گا۔ ان خالی خولی تقریروں سے کیا حاصل ہوتا ہے؟"

ثناء اللہ آج شاید تقریر کے موڈ میں تھے۔ یوں بھی وہ "ملاٹوں" پر جب بولنے پر آتے تو مشکل سے ہی رکتے تھے۔ پھر نہ موقع دیکھتے اور نہ آدمی پہچانتے تھے۔ جو دل میں ہوتا وہ کہہ مارتے تھے۔ میں ان کی کھُری طبیعت سے صرف واقف ہی نہیں تھا بلکہ خوف زدہ بھی تھا۔ ہماری دوستی بڑی پرانی تھی اور اُن کے اس کھُرے پن کے باوجود ان کے خلوص اور سادہ دلی کی مضبوط بنیادوں پر قائم تھی۔

میں نے ان کو ٹھنڈا کرنے کی نیت سے سموسوں کی طشتری ان کی طرف کھسکائی اور کہا: "چھوڑیں بھائی! آپ بھی کس بحث میں پڑ گئے۔ ہمیں کون سا میلاد شریف کے جلسہ میں جا کر بور ہونا ہے یا چندہ دینا ہے! حاجی سلیم احمد میلاد کرا رہے ہیں۔ وہ جانیں اور ان کا کام۔"

ثناء اللہ بجائے ٹھنڈا ہونے کے اور بھنا گئے: "ارے واہ! یہ بھی خوب رہی۔ کب تک یہ لوگ دوسروں کو بے وقوف بناتے رہیں گے؟" پھر انہوں نے پہلو بدل کر بحث کی پٹری بدلی:

"اور یہ ہمیشہ برادرانِ اسلام کو ہی کیوں جلسوں میں بلایا جاتا ہے؟ ہمشیرانِ اسلام نے ایسا کون سا گناہ کیا ہے جو انہیں نہیں بلاتے ہیں؟ ثواب دارین میں ہمشیرانِ اسلام کا حصہ نہیں ہے کیا؟ اگر نہیں تو پھر جنت میں مرد ہی مرد ہوں گے! یہ تو سالی عجیب سی بات ہوئی۔ پھر ہماری بیویوں کا کیا ہو گا؟" ثناء اللہ اب اپنی مخصوص ترنگ میں آ چکے تھے اور انہیں روکنا میرے بس کی بات نہیں رہ گئی تھی۔

"کیوں سرور بھائی! اگر میری بیوی جنت میں گئی تو مجھ کو ملے گی کہ کسی اور کے حصہ میں آئے گی؟ لیجئے اس پر مجھے ایک لطیفہ یاد آ گیا!"

یہ ثناء اللہ کی ایک خاص ادا تھی کہ بات کرتے کرتے انہیں لطیفے بہت یاد آتے تھے جو عموماً بے تکے اور بے ڈھنگے ہوتے تھے۔ پھر مزا یہ تھا کہ آپ انہیں کتنا ہی منع کریں وہ لطیفہ سنانے سے باز نہیں آتے تھے اور اپنے لطیفوں پر اتنی فراخ دلی سے خود ہی ہنستے تھے کہ دوسروں کے مسکرانے کی بھی ضرورت نہیں رہ جاتی تھی!

میں نے رسمی طور سے مسکرا کر کہا: "اب آپ لطیفہ سنائے بغیر تو مانیں گے نہیں۔ تو پھر سنا ہی دیں۔"

"ہوا یوں کہ ایک مولوی صاحب ایک پٹھان کو نیک کام کرنے کی ہدایت دے رہے تھے اور ساتھ ہی اس کو جنت کے خواب بھی دکھا رہے تھے۔ کہنے لگے کہ "خان صاحب! اللہ آپ پر کتنا مہربان ہے کہ ایک تو آپ کو جنت ملے گی پھر اُس کی رحمت سے آپ کی بیوی بھی وہاں آپ کو مل جائے گی!" خان صاحب نے لال پیلے ہو کر ان کو جواب دیا: "خو! پِر اَمارے جنت میں جانے کا کیا فائدہ ہوا!؟"

لطیفہ سنا کر ثناء اللہ نے اس قدر زبردست قہقہہ لگایا کہ کُرسی سے لُڑھکتے لڑھکتے بچے۔ دیر تک آنکھیں آدھی بند کئے، سر پیچھے اوندھائے قہہ قہہ ہنستے رہے۔ ہوٹل کے

دوسرے گاہکوں نے مڑ کر انہیں گھورا بھی مگر ان پر ایسی باتوں کا کوئی اثر نہ پہلے کبھی ہوا تھا اور نہ اب ہوا۔ تھوڑی دیر بعد سنبھل کر مجھ سے کہنے لگے:

"سرور بھائی! اب کی بار ہم لوگ میلاد شریف کے جلسہ میں کیوں نہ چلیں؟ دیکھیں تو سہی کہ وہاں کیا ہوتا ہے۔"

میرے ذہن میں بجتی ہوئی خطرہ کی گھنٹی شاید انہوں نے بھیمحسوس کر لی! مسکرا کر یوں بولے: "اچھا یوں کریں کہ بالکل آخر میں پہنچیں۔ لمبی چوڑی تقریر سننے سے بھی بچ جائیں گے اور تبرک الگ ملے گا۔ کیوں کیا خیال ہے؟" ان کی آنکھوں سے شرارت ٹپک رہی تھی۔

میں نے ایک لمحہ سوچ کر جواب دیا: "بھئی چلا تو چلوں گا لیکن وہاں حاصل کیا ہو گا؟ پھر آپ کی طبیعت سے بھی ڈر ہی لگتا ہے۔ میلاد شریف ہے، کوئی خالہ جی کا گھر تو نہیں ہے۔ الٹی سیدھی بات کر دی تو لینے کے دینے پڑ جائیں گے۔"

ثناء اللہ نے بڑی سنجیدگی سے کہا "نہیں بھئی! قسم خدا کی۔ وعدہ کرتا ہوں کہ کسی سے کچھ نہیں کہوں گا۔ بس ذرا چل کر یوں ہی دیکھ لیتے ہیں۔ تو پھر طے ہے نا؟"

میں نے حامی بھر لی: "چلیں ٹھیک ہے۔ اب چائے ختم کریں۔ ٹھنڈی ہوئی جا رہی ہے۔"

ثناء اللہ میرے وعدہ پر خوشی سے کھل اٹھے: "لیجئے! چائے پر ایک اور لطیفہ یاد آ گیا۔" اور پھر میری اجازت کا انتظار کئے بغیر ہی لطیفہ سنانا شروع کر دیا۔

"سرور بھائی! ایک شخص ایک سردار جی کی چائے کی دوکان پر گیا اور پوچھا کہ: سردار جی! لپٹن دی چاہ ہے؟: سردار جی نے مسکرا کر جواب دیا کہ: مینوں تو نہیں ہے۔ تینوں ہے تو آ جا!:"

لطیفہ سنا کر ثناء اللہ نے اس قدر زبردست قہقہہ لگایا کہ میں سٹپٹا کر کھڑا ہو گیا۔ میری دیکھا دیکھی وہ بھی جھومتے ہوئے اٹھ کھڑے ہوئے اور رومال سے آنکھیں پوچھتے ہوئے ہوٹل سے نکل گئے۔

-

اُس شام بیگم نے چائے میں شکر کا چمچہ گھولتے گھولتے رک کر میری جانب حیرت بھری نظروں سے دیکھا اور ہلکی سی طنزیہ مسکراہٹ کے ساتھ پوچھا: "آپ میلاد شریف سننے جا رہے ہیں؟ خیریت تو ہے؟ آخر یہ کایا پلٹ کیسے ہو گئی؟ اپ تو میلاد وغیرہ کے قائل نہیں ہیں!"

بیویوں کے متعلق میرا عقیدہ ہے کہ وہ شوہروں کے بارے میں جتنا سوچتی ہیں اتنا الفاظ میں بیان نہیں کرتی ہیں، بلکہ یوں کہنا زیادہ صحیح ہے کہ بیشتر باتیں اپنے لب و لہجہ، گردن کے خم، نگاہوں کے زاویوں اور چہرہ کے اُتار چڑھاؤ سے ادا کرتی ہیں۔ اس وقت بھی اُن کی نظروں سے صاف ظاہر ہو رہا تھا کہ انہیں میری عقل کی صحت پر خاصہ شبہ ہو چلا تھا۔

میں نے کھسیا کر اپنی مدافعت کی کمزور سی کوشش کی: "ارے بھئی! قائل تو میں اب بھی نہیں ہوں۔ بس وہ ثناء اللہ ہاتھ دھو کر پیچھے پڑ گئے ہیں۔ ان کی ضد پر ذرا کی ذرا چلا جاؤں گا۔ یوں ہی تفریحاً، اور کیا!"

بیگم نے شامی کباب کا ایک نازک سا نوالہ کانٹے میں چبھو کر ہونٹوں سے دبک لیا اور بڑی گمبھیر آواز میں بولیں: "ہوں ں ں!"

یہ "ہوں ں ں" مجھ سے میرا مزاج پوچھتی ہوئی معلوم ہوتی تھی، جیسے کہہ رہی ہو کہ: "دماغ تو صحیح ہے کہ نہیں؟ کیا گھاس کھا گئے ہیں؟" لیکن ان کے ہونٹوں کی

مسکراہٹ کے درمیان سے جو آواز آئی وہ کچھ اور ہی کہہ رہی تھی۔

"آپ میلاد شریف میں ثناء اللہ بھائی کے ساتھ جارہے ہیں؟ اور انہوں نے وہاں کچھ اوٹ پٹانگ کہہ سن دیا تو کیا ہو گا؟" ان کے لہجہ میں اب سراسیمگی اور فکر جھلک رہی تھیں۔

"ارے بھئی نہیں، انہوں نے قسمیہ وعدہ کیا ہے کہ خاموش رہیں گے۔ ویسے بھی ہم لوگ میلاد کے بالکل آخر میں پہنچیں گے جب سلام وغیرہ پڑھا جارہا ہو گا۔ تھوڑی دیر دیکھ بھال کے اجائیں گے۔"

بیگم نے میری ناعاقبت اندیشی پر ٹھنڈی سانس بھر کر ماتمی انداز میں چائے کی ٹرے اٹھالی اور مجھ پر ایک مایوسی بھری نگاہ ڈالی۔ پھر وہ سر ہلاتی ہوئی باورچی خانے کی طرف چلی گئیں۔

--

محمد علی پارک اُس رات رنگ برنگے بجلی کے سیکڑوں قمقموں سے جگمگ جگمگ کر رہا تھا۔ جہاں دو ایک بجلی کے کھمبے اپنے چندھے بلبوں سے چند قدموں دور تک ہی مرگھلی روشنی ڈالا کرتے تھے وہاں روشنی سے رات بھی دن ہو کر رہ گئی تھی۔ پارک کے کونے میں ایک طرف تخت کا اونچا اسٹیج بنا ہوا تھا جس کے چاروں جانب ہرے رنگ کے کپڑے کی چوڑی جھالر ٹنگی ہوئی نیچے زمین کو بوسہ دے رہی تھی۔ اسٹیج کے پیچھے بانسوں کی دیوار سی بنا کر ایک سفید چادر تان دی گئی تھی جس پر سنہرے خوبصورت اور موٹے موٹے الفاظ میں لکھا ہوا تھا:

لا الہ الا اللہ محمد الرسول اللہؐ

جلسۂ میلادُ النبی، زیر اہتمام "انجمنِ خدام الاسلام

مہتمم: حافظ حاجی سلیم احمد عفی عنہ (حاجی پریس والے)

آخری جملہ یقیناً عوام کو غلط فہمی سے محفوظ رکھنے کی غرض سے تھا کہ لوگ اس نیک کام کو کسی اور سلیم احمد کا کارنامہ نہ سمجھ بیٹھیں۔ اسٹیج پر سجی میز کے پیچھے کرسیوں پر کئی باریش بزرگ بیٹھے ہوئے تھے اور ایک بزرگ قریب ہی کھڑے مائکروفون پر اپنی تقریر کے آخری لمحوں کو ہاتھ میں پڑی ہوئی تسبیح ہلا ہلا کر امکانی حد تک پُر اثر بنانے کی کوشش کر رہے تھے۔ کونہ کی کرسی پر حاجی سلیم احمد صاحب بیٹھے نہایت فخریہ انداز سے سامعین کا جائزہ لے رہے تھے کہ دیکھو میلاد ایسے ہوا کرتا ہے۔ پتہ نہیں کیسے ان کی نظر مجھ پر پڑ گئی۔ چہرہ پر حیرت کا سایہ سا آیا جسے حاجی صاحب نے فوراً ہی ہلکی سی مسکراہٹ میں چھپا لیا۔ اِدھر تقریر ختم ہوئی اور اُدھر مفتی عبد السمیع صاحب نے ہاتھ اٹھا کر اُمت مسلمہ کی فلاح اور ترقی کی تقریباً پانچ منٹ لمبی دُعا مانگی جس پر آمین کہتے کہتے لوگوں کے گلے خشک ہو چلے تھے کہ مفتی صاحب نے ایک آخری آمین کہہ کر آنسوؤں سے گیلے چہرہ پر ہاتھ پھیر کر عوام کو اور زیادہ آزمائش سے بچا لیا۔ ابھی وہ پوری طرح بیٹھے بھی نہیں تھے کہ حاجی صاحب نے لپک کر مائکروفون پر قبضہ کر لیا:

"برادرانِ اسلام! جلسہ میں آپ سب کے آنے کا بہت شکریہ۔ اللہ تعالی آپ سب کو اس کا اجرِ عظیم دے گا۔ حاجی پریس کی طرف سے پارک کے دروازہ پر تبرک لینا نہ بھولئے گا۔ السلامُ علی کم۔"

تبرک کا نام سنتے ہی وہ بھگدڑ مچی کہ دیکھتے دیکھتے پارک خالی ہو گیا۔ حاجی سلیم احمد صاحب نے مجھے اور ثناء اللہ کو اشارہ سے بلایا۔ اگر ثناء اللہ کو وہاں دیکھ کر ان کو برا لگا تھا تو ان کے بُشرہ سے اس کا قطعی کوئی اظہار نہیں ہو رہا تھا۔ وہ میلاد شریف سے فارغ ہوئے تھے اور ان کا چہرہ نور ایمانی سے چمک رہا تھا۔ کمالِ محبت سے ہم دونوں کے ہاتھ اپنے

دونوں ہاتھوں میں تھام کر سلام اور مصافحہ کے بعد انہوں نے کہا:

"بھئی خدائے قدوس کی قسم! آپ دونوں کو یہاں دیکھ کر مجھ کو کتنی خوشی ہوئی ہے میں کیا بتاؤں۔ میں تو سوچ بھی نہیں سکتا تھا کہ میں ایسا مبارک دن دیکھوں گا۔ مگر وہ ربِ کائنات وہ پتھر میں بھی جونک لگانے پر قادر ہے۔"

حاجی صاحب نے ہم دونوں پتھروں کو آنسو بھری آنکھوں سے دیکھا۔ پھر قریب کھڑے ایک شخص سے بولے: "مستری جی! ذرا بھاگ کر تبرک کے دو ڈبل حصے تو لے آؤ۔ اور ہاں کہنا کہ چاندی کے ورق بھی لگا دیں۔"

اس مہمان نوازی سے شرمندہ ہو کر ہم لوگ کوئی جواب دے بھی نہیں پائے تھے کہ مستری جی لپک کر کاغذ میں لپٹے دہ حصے لے آئے۔ اُن کے ساتھ ایک منحنی سا شخص اور تھا۔ کوٹ پتلون پہنے، ناک کی پھننگ پر چشمہ اٹکائے وہ مستری جی سے آہستہ آہستہ کچھ کہہ رہا تھا اور جواب میں مستری جی بکرے کی طرح جلدی جلدی گردن ہلا رہے تھے۔ حاجی صاحب نے اپنے دونوں ہاتھوں کی طشتری میں وہ حصے ہمیں پیش کئے اور بڑی رقت سے تاکید کی کہ ہم انہیں دعائے خیر میں یاد رکھیں۔ ہم دونوں ابھی فیصلہ نہیں کر پائے تھے کہ کیا کریں کہ حاجی جی نے مڑ کر پہلے اُس منحنی سے آدمی کو اور پھر مستری جی کو سوالیہ نگاہوں سے دیکھا۔

مستری جی نے ذرا سا آگے کھسک کر عرض کی: "حاجی جی! یہ پانڈے جی بجلی گھر کے اووَرسیر ساب ہیں۔ پوچھ رہے ہیں کہ سڑک کے تاروں سے کُنڈے کب اُتریں گے اور اپنی دستوری کا حساب کتاب بھی ساپھ کرنا چاہتے ہیں۔"

حاجی صاحب اس تقاضہ پر کھسیا سے گئے۔ سب کی موجودگی میں بجلی کے محکمہ کے دو کوڑی کے اووَرسیر کا اس طرح منھ آنا انہیں اچھا نہیں لگا تھا۔ مگر انہوں نے ضبط سے

کام لیا اور مصنوعی نرمی سے بولے: " پانڈے جی! کیوں پریشان ہو رہے ہیں؟ بجلی تو سرکاری ہے۔ کوئی آپ کے گھر سے تو آئی نہیں تھی۔ کُنڈے ابھی اُتار لیں گے تو یہاں کا سامان کیسے نمٹے گا؟ صبح نکالئے گا کُنڈے۔ رہ گئی آپ کی دستوری تو ہمارا تو ہر سال کا یہ کام ہے۔ اس سے پہلے بجلی گھر والوں کے پیسے کب مارے گئے ہیں جو آج مارے جائیں گے؟ کل دوپہر بعد پر یسا کر پیسے لے لیجئے گا۔"

پانڈے جی اوور سیر صاحب نے چشمہ کو ایک انگلی سے ناک پر اور اوپر کھسکاتے ہوئے کہا کہ: "حاجی ساب! کُنڈوں کی کوئی بات نہیں ہے۔ صبح تک اُتار لیں گے۔ پرنتو ہمارا حساب اسی سمے کر دیجئے۔ کل پھُرست نہیں ہو گی۔ سام کو میدہ باجار میں سری ستیہ نارائن کی کتھا ہے۔ وہاں پر کل کُنڈے ڈال کر بجلی کا سادھن کرنا ہے۔ پورا دن لگ جائے گا اس میں!"

ہم دونوں حاجی صاحب اور پانڈے جی کہ میلاد شریف کے لئے چرائی ہوئی سرکاری بجلی کا حساب کرتے ہوئے چھوڑ کر جب گھر کی جانب چلے تو ثناء اللہ بڑے خاموش خاموش تھے۔ معلوم نہیں اس موقع پر انہیں کوئی لطیفہ کیوں یاد نہیں آیا!

***

پچھل پائی

(پچھل پائی ایسی روایتی چڑیل کو کہتے ہیں
جس کے پیروں کے پنجے پچھلے رُخ مُڑے ہوئے ہوں)

حمیدہ آپا دیر سے جائے نماز پر سجدہ میں پڑی ہوئی تھیں۔ اُن کے نحیف شانوں کے بار بار ہلنے اور ہلکی ہلکی سسکیوں کی گھٹی گھٹی آواز سے ان کی آہ وزاری کا پتہ چلتا تھا۔ کوئی ان کے پاس بیٹھ کر غور سے اگر دیکھتا تو ان کے کانپتے ہوئے ہونٹ اور آنسوؤں سے تر جائے نماز دل پر اثر کئے بغیر نہیں رہ سکتے تھے۔ دو سال سے بے چاری بوا کا یہی حال تھا۔ جس دن سے اچھے میاں کو دورے پڑنے شروع ہوئے تھے حمیدہ بوا دنیا جہان سے بے خبر نیم دیوانی سی ہو کر رہ گئی تھیں۔ کون سا علاج تھا جو انہوں نے اپنے چہیتے اور اکلوتے بیٹے کی صحت کے لئے نہیں آزمایا تھا۔ پیسہ پانی کی طرح بہہ رہا تھا مگر اچھے میاں کے دورے تھے کہ کم ہونے کا نام ہی نہیں لیتے تھے۔

بیچارے حاجی سلیم احمد صاحب بھی بیٹے کی طرف سے فکر کرتے کرتے آدھے ہو کر رہ گئے تھے اور کاروبار کی جانب بھی توجہ پہلی سی نہیں رہ گئی تھی۔ جس ڈاکٹر، حکیم یا وید کا کوئی شخص ذکر کرتا، ماں باپ بھاگم بھاگ اس کے پاس پہنچ جاتے۔ ساتھ ہی اچھے میاں کو بھی گھسیٹ کر لے جاتے۔ چند دن علاج چلتا، بوا کو اتنا صبر کہاں تھا کہ ہفتہ دو ہفتہ جم کر علاج کراتیں۔ اِدھر دورہ پڑا اور اُدھر وہ کسی نئے ڈاکٹر کی طرف بھاگیں۔ بعض اوقات

حاجی جی عاجز آکر ان سے کہتے بھی تھے کہ: "ارے بھئی! ذرا دوا کو کام تو کرنے دو۔ علاج شروع کئے ابھی دن ہی کتنے ہوئے ہیں؟" مگر دُکھیاری ماں کو اتنا چین نہیں تھا کہ وہ پوت کو آئے دن دوروں کی تکلیف میں تڑپتا دیکھتیں اور خاموش رہتیں۔

ویسے ڈاکٹروں اور حکیموں نے بھی بقولِ حمیدہ بوا "فضیحتہ مچار کھا تھا!" کوئی کہتا کہ یہ دورے مِرگی کی بگڑی ہوئی شکل ہیں۔ کوئی بچپن میں دماغ میں لگی کسی چوٹ کا شبہ بیان کرتا۔ حکیم صاحب جگر کی گرمی اور اعصاب کی کمزوری تجویز کرتے تھے۔ خمیرہ گاؤزباں عنبریں جواہر والا اور جوارشِ جالینوس کی شیشیاں اچھے میاں ہضم کر گئے اور خدا جانے کتنے جوشاندے منھ بنابنا کر پی گئے مگر دوروں کا وہی حال رہا۔ ایک وید نے موقع کی نزاکت نہ سمجھتے ہوئے شک ظاہر کیا کہ اچھے میاں کسی وجہ سے اداکاری کر رہے تھے۔ اس کے تو حمیدہ بوا نے وہ لتے لئے اور ایسی صلواتیں سنائیں کہ اللہ کی پناہ! اس کے بعد انہوں نے ویدوں کے پاس جانے کی قسم کھالی تھی۔

رحمن کی سرائے والی فخر النساعرف فکن بی کے سجھانے پر "روحانی علاج" کی طرف سے بھی حمیدہ بوا غافل نہیں رہی تھیں۔ شہر اور آس پاس کا کوئی مولوی، سیانا اور جوگی ایسا نہیں بچا تھا جس کے در کی خاک انہوں نے نہ چھانی ہو۔ کوئی تعویذ گنڈا دیتا تھا تو کوئی جنتر منتر۔ چلے کھینچتے کھینچتے بوا کے گھٹنے رہ گئے تھے۔ وظیفے اور تسبیحیں پڑھتے پڑھتے انگلیاں پتھر اگئی تھیں اور سجدہ میں پڑے پڑے پیشانی کا گٹا کچھ زیادہ ہی کَجلا گیا تھا۔ ایک زمانہ میں رحیمن نائن کے سمجھانے پر کہ ہو نہ ہو کسی بدذات ظالم نے اچھے میاں کے حسن پر ریجھ کر انہیں قابو میں کرنے کے لئے انہیں اُلو کا گوشت کھلا دیا تھا، حمیدہ بوا نے جانے کتنی جمعراتوں کی شامیں سید بابا کے مزار پر چراغ جلانے اور منتیں مانگتے گزار دی تھیں۔ لیکن اچھے میاں کو رتی بھر بھی فائدہ نہیں ہوا تھا!

اِدھر پچھلے تین ہفتوں سے وہ مچھلی بازار کی مسجد کے بڑے مولوی صاحب کی خدمت میں حاضری دے رہی تھیں اور سچ تو یہ ہے کہ حمیدہ بوا کا دل مولی ساب کی تشخیص پر جم سا گیا تھا۔ مولیساب نے نوچندی جمعرات کو اچھے میاں کی خاطر ایک جلالی (اور اسی مناسبت سے مہنگا!) چلہ کھینچنے کے بعد اعلان کیا تھا کہ اچھے میاں پر جنات کا بادشاہ آتا ہے۔ ساتھ ہی انہوں نے وظیفہ، تعویذ اور تسبیح کا پورا کورس تجویز کیا تھا اور ہر ہفتہ اپنے پاس خصوصی توجہ کے لئے حاضری کا حکم بھی دیا تھا۔ حمیدہ بوا اس تشخیص سے مطمئن نظر آتی تھیں۔ اور بھلا کیوں مطمئن نہ ہوتیں؟ ایک تو دَوروں کی شکل ہی ایسی تھی۔ دوسرے بوا کو معلوم تھا کہ اچھے میاں مدتوں چوراہہ کی مسجد کے امام مولوی محمد حسین صدیقی الوارثی صاحب کے پاس جاتے رہے تھے۔ اور دنیا کو علم تھا کہ امام صاحب کے قبضہ میں جنوں کا پورا ایک گروہ تھا جو ان کی خدمت میں صبح و شام لگا رہتا تھا۔ مسجد کے خادم کلو پہلوان اپنی کبھی کی گزری جوانی کی قسم کھا کر کہتے تھے کہ ایک جِن دوپہر کے قیلولہ کے وقت امام صاحب کے پیر دابتا تھا۔ چونکہ یہ اس کا آنکھوں دیکھا معاملہ تھا چنانچہ اس میں بوا کو شک و شبہ کی کوئی گنجائش نظر نہیں آتی تھی۔ انہیں یقین ہو چلا تھا کہ جنات کا بادشاہ بڑے مولی ساب کے روحانی علاج سے ہی جائے گا۔

-

اچھے میاں کو آج پھر دَورہ پڑا تھا اور وہ آنگن میں چارپائی پر پڑے ہوئے تھے۔ سرہانے حمیدہ بوا دوپٹہ سے آنسو پوچھتی اور دل ہی دل میں اللہ سے دعائیں مانگتی خاموش بیٹھی تھیں۔ اِدھر اُدھر اچھے میاں کی بہنیں اور پڑوس کے دو چار ہمدرد لوگ کھڑے تھے۔ یہ سب بار بار کی مشق کے بعد اپنے اپنے کام کے عادی ہو چکے تھے۔ انہیں معلوم تھا کہ وہ اس سے زیادہ کچھ اور نہیں کر سکتے تھے کہ دورہ کے بیچ میں اچھے میاں کو چوٹ پھیٹ

سے محفوظ رکھیں۔

یہ دورے بھی عجیب قسم کے تھے۔ بازار میں یا دوستوں کے ساتھ تفریح بازی کے وقت کبھی نہیں پڑتے تھے۔ عام طور سے گھر میں ہی اچھے میاں ان کا شکار ہوا کرتے تھے۔ بَس وہ دو چار لمبے لمبے سانس لیتے اور لیٹ جاتے۔ بظاہر وہ آنکھیں بند کئے بے ہوش نظر آتے تھے۔ سانس کی دھونکنی شوں شاں، شوں شاں چلتی ہوتی۔ تھوڑی دیر میں سارے بدن میں کپکپاہٹ کی لہر سی دوڑ جاتی اور وہ ہاتھ پیر اکڑا کر بڑے درد سے کراہتے۔ رہ رہ کر ہاتھ پھر اِدھر اُدھر مارتے پٹختے۔ شروع شروع میں چارپائی کی پٹیوں پر ہاتھ لگنے سے ایسی چوٹیں بھی آئیں کہ کئی کئی دن نیل پڑے رہے اور حمیدہ بوا ہلدی چونا لگاتی رہیں۔ اب لوگ ہوشیار ہو گئے تھے۔ جیسے ہی دورہ شروع ہوتا اچھے میاں کے اِرد گِرد رضائی اور کمبلوں کی گدیاں بنا کر رکھ دیتے کہ ہاتھ پیر محفوظ رہیں۔ پہلے پہل لوگوں نے ان کے بے قابو ہاتھ پیروں کو تھامنے کی کوشش کی تھی مگر دوروں میں خدا جانے ان میں کہاں کی طاقت آ جاتی تھی کہ دو چار لوگ انہیں سنبھال بھی نہیں سکتے تھے۔ کسی کا ہاتھ اگر وہ پکڑ لیتے تو پھر وہ اسی وقت چھوٹتا جب اچھے میاں اپنی گرفت ڈھیلی کرتے اور بعد میں وہ شخص دو تین دن اپنی کلائی سہلایا کرتا۔ ایک مرتبہ تو اچھے میاں نے چارپائی کی پائنتی کی رسیوں میں اپنے پیروں کے پنجے پھنسا کر جو زور لگایا تو سارے بان تڑ تڑ ٹوٹ گئے تھے۔

آج بھی ہمیشہ کی طرح لوگ صبر سے دورہ ختم کرنے کا انتظار کرتے رہے۔ دس پندرہ منٹ کے بعد اچھے میاں نے گہری گہری سانسیں لیں، آنکھیں ذرا کی ذرا کھولیں اور پھر کروٹ لے کر دوبارہ بند کر لیں۔ لوگ آہستہ آہستہ اِدھر اُدھر کھسک گئے۔ چھوٹی بہن شاکرہ بھاگ کر باورچی خانہ سے گرم دودھ کا پیالہ لے آئی اور حمیدہ بوا نے کانپتے

ہاتھوں سے چمچہ چمچہ دودھ اچھے میاں کے منھ میں دیا۔ دو تین چمچے لے کر انہوں نے نقاہت سے ہاتھ کا اشارہ کر کے منع کر دیا اور تھوڑی دیر میں سو گئے۔ دورہ ختم ہو چکا تھا مگر حمیدہ بوا اسی طرح سرہانے بیٹھی دوپٹہ کے آنچل سے اچھے میاں کو پنکھا جھل رہی تھیں اور معلوم نہیں سر جھکائے کیا سوچ رہی تھیں۔

--

وقت یوں ہی گزرتا رہا اور حمیدہ بوا کی مایوسی میں تلخی کا رنگ بڑھتا جا رہا تھا۔ بعض اوقات رنج اور غصہ میں وہ جنات کے بادشاہ سے بھی لڑنے مرنے پر تُل جاتی تھیں:

"کم بخت، مَوت کا لِیا! کوئی اور گھر نہیں ملا اس کو؟ میرے بچے کی جان بران کر رکھی ہے۔ ڈھیٹ بھی تو کیسا ہے۔ بڑے مولیساب سے چو مکھی لڑے جاتا ہے۔ یا میرے مولا! قیامت کے دن اس کم بخت کا منھ کالا کریو!" وہ جنات کے بادشاہ کو ہاتھ اٹھا اٹھا کر کوستیں۔

فکن بی ان کی اس عادت سے بہت گھبراتی تھیں۔ کوسنے سن کر کانپ جاتیں: "اے بوا! خدا کے واسطے خاموش ہو جاؤ۔ سن لے گا تو کوئی اور مصیبت نہ آ جائے۔ جنات کا بادشاہ ہے، کوئی معمولی جِن تھوڑی ہے۔ تمہیں ستانے لگے گا تو یہ گھر کون دیکھے گا؟ جوان بچیوں کا ساتھ ہے!"

مگر حمیدہ بوا پر ان باتوں کا کوئی اثر نہیں ہوتا تھا۔ وہ اچھے میاں کی صحت کے لئے ہر قربانی کو تیار تھیں۔ ابھی پرسوں ہی رام دُلاری منہارن آئی تھی اور سب کی نظریں بچا کر حمیدہ بوا کو ایک طرف راز داری سے لے گئی تھی۔ پھر ان کے ہاتھ میں اخبار کے کاغذ کی ایک پُڑیا تھما دی تھی: "ہم جانت ہیں تم مسلمان ہو بوا جی، ٹلا بھیا کا دیکھ کر ہمار من دُکھت ہے۔ ای سائیں بابا کے مہا بھوگ کا ئریل ہے۔ بھگوان انتریانی ہے۔ بھیا کہ کِھلائے دیو۔

رام بھلی کرے گا۔"

اور حمیدہ بوانے اللہ اور بھگوان رام کا فرق بالائے طاق رکھ کر دوسرے ہی دن چنے کی دال کے حلوے میں ملا کر سائیں بابا کے مہا بھوگ کا ناریل اچھے میاں کو کھلا دیا تھا۔ مگر تعویذ اور وظیفوں کی طرح انتریانی بھگوان کا پرساد بھی بے اثر ثابت ہوا تھا۔

-

اچھے میاں ماشاء اللہ جوان تھے۔ چار بہنوں میں ایک بھائی تھے۔ دوروں کا چکر نہ ہوتا تو حمیدہ بوا کب کی گھر میں بہو لے آئی ہوتیں۔ اب بھی برابر اسی فکر میں رہتی تھیں کہ کسی طرح اچھے میاں کا گھر آباد ہو جائے۔ مگر جو شخص بھی دوروں کی خبر سنتا بڑھا ہوا قدم پیچھے ہٹا لیتا۔ فکن بی کو بھی بڑی خلش تھی۔ ایک شام بوا سے ملنے آئیں تو اچھے میاں کے رشتہ کا ذکر لے بیٹھیں۔

حمیدہ بوا کے پاندان سے بنارسی پان کا مصالحہ دار بیڑا کلے میں دب کر اپنے مخصوص ہمدردانہ لہجہ میں بولیں: "اے بوا! اب تم اچھے میاں کا گھر بسا لو، انتظار کاہے کا ہے؟ کیا بیٹے کو بوڑھا کر دینے کا ارادہ ہے؟ بہو آئے گی تو گھر میں رونق ہو جائے گی۔"

"اے بہن! کیا میں نہیں سمجھتی کہ لڑکے کی عمر جا رہی ہے؟ کون سی ماں ہوگی جسے دلہن لانے کا ارمان نہیں ہوگا؟" بوا کی آنکھوں میں آنسو چمک آئے تھے۔ "پر کیا کروں، وہ آفت پیٹا جنات کا بادشاہ جو ہاتھ دھو کر پیچھے پڑا ہوا ہے! دنیا بھر میں دوروں کی خبر ہے۔ جدھر جاؤں ہوں لوگ دوسری طرف منہ کر لیوے ہیں۔"

فکن بی ذرا سا آگے کھسک کر بیٹھ گئیں اور اپنا انگوٹھیوں سے لدا پھندا ہاتھ حمیدہ بوا کے گھٹنے پر رکھ کر بولیں: "بوا سب ٹھیک ہو جائے گا۔ تم ہلکان کیوں ہوتی ہو؟ وہ قاضی پاڑے میں حافظ عبد السلام جو رہتے ہیں، ارے وہی جن کا پہاڑ سا پریس بڑے بازار میں

ہے، تم کہو تو ان کی بیٹی کا معلوم کروں؟ ہر طرح سے اچھی ہے۔ تم نے تو دیکھا ہی ہے۔ بس عمر میں اچھے میاں سے سال دو سال ہی بڑی ہے۔ تو یہ تہ کوئی عیب نہیں ہے۔ کہو کیا کہتی ہو؟"

پھر ہوا یوں کہ اِدھر حمیدہ بوا نے حاجی جی کو راضی کیا اور اُدھر فکن بی نے برسوں کی رفاقت کا حق ادا کرنے کی کوشش میں کوئی کسر نہیں اٹھا رکھی۔ پیسہ یوں بھی لاکھوں عیب چھپا لیتا ہے۔ بڑے مولی ساب کا روحانی علاج چل ہی رہا تھا اور ان کا کہنا تھا کہ جنات کا بادشاہ اب کمزور معلوم ہوتا تھا۔ اللہ کے کلام میں بڑی طاقت ہے۔ آخر کب تک وہ سامنے ٹکا رہے گا؟ حافظ عبد السلام کے گھر سے رشتہ کی رضامندی کا آنا تھا کہ حمیدہ بوا نے شادی کی تیاری میں تجوری کا منھ کھول دیا۔

لوگوں کا کہنا ہے کہ ایسی شاندار شادی انہوں نے کبھی نہیں دیکھی تھی۔ کیا چڑھاوا، کیا بارات، بوا نے پیسہ دل کھول کر خرچ کیا۔ ولیمہ کا چرچا تو دو چار محلوں میں عرصہ تک رہا۔ دلھن بھی گھر سے کچھ کم نہیں لے کر آئی تھی۔ حمیدہ بوا اسے ہر وقت ہاتھوں ہاتھ رکھتی تھیں۔ جہاں اس کا پیر پڑتا وہاں اپنا دل نچھاور کرنے کو تیار رہتی تھیں۔ اچھے میاں بھی زیادہ وقت اپنے کمرہ میں ہی گزارتے تھے۔ کھانا بھی بیشتر وہ دلھن کے ساتھ اندر ہی کھاتے۔ باہر آتے بھی تو جیسے اوپری دِل سے۔ جتنی دیر بیٹھتے بس رسیاں تڑاتے رہتے تھے۔ باہر دوستوں میں جانا بھی کم ہو گیا تھا اور جاتے تو واپسی میں کبھی خالی ہاتھ نہ آتے۔ کبھی گلاب جامن اور رس ملائی کا ڈونگا ہاتھ میں ہوتا تو کبھی ربڑی کا گلاس۔ سیدھے کمرہ میں جاتے اور پھر دیر سے ہی باہر آتے۔ کبھی کبھی منھ جھوٹا کرنے کو تھوڑی سی مٹھائی شاکرہ کے ہاتھ پر بھی رکھ دیتے اور بس!

شروع شروع میں تو حمیدہ بوا نے اچھے میاں کی اس تبدیلی کو نئی شادی اور نئی

ارمانوں کا اثر سمجھ کر دل کو بہلا لیا مگر جلد ہی انہیں یہ احساس ہونے لگا کہ اچھے میاں اب پہلے سے سعادتمند اچھے میاں نہیں رہ گئے تھے۔ پھر یہ بھی ہوا کہ جہاں حمیدہ بوا ہمیشہ کی طرح گھر کے معاملات میں سو فیصد عمل دخل رکھتی تھیں وہاں بہو اپنا رسوخ قائم کرنا چاہتی تھی۔ بوا چاہتی تھیں کہ سینما، تفریح اور خریداری وغیرہ سب دلھن ان کی اجازت اور ایما سے کرے اور بہو تھی کہ اچھے میاں کی زبان سے ان پابندیوں پر احتجاج کرتی تھی۔ گھر کا سارا خرچ ہمیشہ حمیدہ بوا کے ہاتھوں سے ہوا تھا۔ اب چاند بیگم اس اختیار میں دخیل ہونے پر اُتارو ہو رہی تھی۔ آہستہ آہستہ وہی روایتی قصے اور جھگڑے ساس بہو میں شروع ہو گئے جن سے ہر گھر پُر رونق اور پڑوسیوں کی دلچسپی اور ہنسی کا نشانہ رہتا ہے۔ حمیدہ بوا کا اختیار ہوتا تو بہو سے چاند بیگم کا لقب چھین لیتیں جو انہوں نے رونمائی پر ہیرے کے جڑاؤ سیٹ کے ساتھ بڑے چاؤ سے دیا تھا۔ جہاں پہلے وہ سب سے ہنس ہنس کر دلہن کی خوبصورتی اور سگھڑاپے کے فرضی قصے سناتی تھیں وہاں اب اس کے نخریلو مزاج اور پھوہڑپن کی اتنی ہی فرضی کہانیاں سنا سنا کر آٹھ آٹھ آنسو بہاتی تھیں۔

اچھے میاں شروع شروع میں تو ساس بہو کے اس جھگڑے میں غیر جانبدار سے رہے۔ پھر امی جان کا مستقل رونا گانا کانوں کو برا لگنے لگا۔ جب چاند بیگم نے کٹورہ سی آنکھوں میں بے گناہی اور معصومیت کے آنسو بھر کر اور بستر پکڑ کر انسٹ پاٹی لی اور ان کی طنابیں کسیں تو اول اول دبی زبان سے اور کچھ ہی دنوں میں کھلم کھلا دلہن کی طرفداری پر اگئے، گویا بقول حمیدہ بوا "سارے کرم پورے ہو گئے!"

--

اُس دن فکن بی جو حمیدہ بوا سے ملنے آئیں تو انہیں اپنے کمرہ میں پلنگ پر لیٹے خاموش دیکھ کر رہا نہیں گیا۔ ویسے بھی چونکہ شادی انہیں کی تحریک پر ہوئی تھی فکن بی حمیدہ بوا کی

مصیبت کا خود کو تھوڑا بہت ذمہ دار قرار دیتی تھیں۔ ان کی اس شرافت پر حمیدہ بوا انہیں اپنے ہاتھ سے بنارسی پان بنا کر کھلاتی تھیں اور رخصت کے وقت چنے کی دال کا حلوہ ساتھ کر دیتی تھیں جو فلن بی تھوڑا سا "نہیں، نہیں!" کر کے دوپٹہ کے پلو سے ڈھک لیتی تھیں۔

حمیدہ بوا کو فکر مند دیکھ کر فلن بی نے پاندان خود ہی اپنی طرف کھینچ کر پوچھا: "کیا بات ہے بوا، بڑی دُگدھا میں نظر آ رہی ہو آج؟"

حمیدہ بوا نے ٹھنڈی سانس بھر کر جواب دیا: "ارے بی بی! روز روز کیا ایک ہی دُکھڑا روؤں؟ میرے تو گھر کی کایا ہی پلٹ گئی۔ سوچتی تھی کہ بہو آ کر گھر سنبھالے گی اور میں اللہ اللہ کروں گی۔ سو اُس نے تو آ کر بالکل ہی لُٹیا ڈُبو دی۔"

فلن بی نے ایک پان بوا کی طرف بڑھا کر اور ایک اپنے کلے میں دبا کر کہا: "ہاں بوا، مُوا زمانہ ہی خراب آ گیا ہے۔ بیسویں صدی ہی آخر! جو کچھ ہو تھوڑا ہی ہے۔ سارے قیامت کے آثار ہیں، اور کیا! تم اچھے میاں کو سمجھاتی کیوں نہیں ہو؟" اُنھوں نے پچ سے اگالدان میں پیک کی پچکاری ماری۔

"ارے سمجھاؤں میں کیا خاک؟ وہ میری کوئی بات سنے بھی تو سہی۔ جانے موئی نے میرے بیٹے پر کیا جادو کر دیا ہے کہ اُلو کا گوشت کِھلا دیا ہے، اس کی تو مت اک دم ہی ماری گئی ہے۔ ہماری بھی شادی ہوئی تھی لیکن یہ قیامت تھوڑی ٹوٹی تھی۔" حمیدہ بوا نے کہا۔

"اے ہے بوا، اب ایسی بھی کیا مصیبت ہے! میں تو کہوں ہوں کہ یہ آئے دن اُلٹی سیدھی فلم دیکھ کر لڑکے لڑکیوں کا یہ حال ہو رہا ہے۔ نہ شرم رہی اور نہ غیرت۔ بیوی نہ ہوئی نعوذ باللہ خدا ہو گئی!" فلن بی کو اچھے میاں اور چاند بیگم کی آزادروی میں قیامت کے سارے آثار نظر آنے لگے تھے۔ انھوں نے بیان جاری رکھتے ہوئے کہا: "اللہ پاک اپنے رسولؐ کے صدقہ میں اچھے میاں کو سمجھ دے۔ تم گھبراؤ مت بوا۔ سب ٹھیک ہو جائے

گا۔ وہ بڑا کارساز ہے۔ ویسے اب اچھے میاں کے دوروں کا کیا حال ہے۔؟"

حمیدہ بوا کے سروتہ پر کٹا کٹ چلتے ہوئے ہاتھ یک لخت رُک گئے! ان کا منھ پان چباتے چباتے اَدھ کھُلا رہ گیا تھا اور وہ حیرت سے آنکھیں پھاڑے وحشت زدہ سی فکن بی کو گھورے جارہی تھیں۔ فکن بی ان کی یہ حالت دیکھ کر کچھ سٹپٹا سی گئیں اور حمیدہ بوا کا ہاتھ ہلا کر ڈرتے ڈرتے بولیں: "اے بوا! کیا بات ہے؟ اچھے میاں اب سے دور ٹھیک ٹھاک خیریت سے تو ہیں نا؟"

حمیدہ بوا نے کھوئی کھوئی آنکھوں سے انہیں دیکھا اور پھر ادھ مری سی آواز میں جواب دیا:

"خیریت؟ ہاں ہاں سب خیریت ہی ہے۔ اے ہے! بی بی، میں تو بھول ہی گئی تھی۔ تم نے یاد دِلایا تو اب خیال آیا کہ جس دن سے اللہ ماری پچھل پائی بہو نے اِس گھر میں قدم رکھا ہے، وہ کم بخت جنات کا بادشاہ ایسا غائب ہوا ہے کہ پھر لوٹ کر ہی نہیں آیا!!"

***

شُدھی

(اپنے دھرم سے نکلے ہوئے شخص کو ہندو دھرم میں واپس لانے کے لئے
جو مذہبی رسم ادا کی جاتی ہے اُس کو شُدھی یعنی شُدھ یا پاک کرنا کہتے ہیں)

پنڈت سدانند شاستری جی نے مونڈھے پر بیٹھے بیٹھے کچھ سوچ کر جو زور سے "ہوں ں ں" کی تو ان کی وقت سے پہلے سفید ہوئی بڑی سی لہریا مونچھ تھر تھرا کر رہ گئی اور رام چندر پانڈے بھی اس "ہوں ں ں" کی گمبھیرتا پر چونک پڑے! ویسے یہ مونچھ پنڈت جی کے سرخ و سفید گول چہرے پر سیاہ چمک دار آنکھوں کے درمیان خوب سجتی تھی۔ پنڈت سدانند شاستری جی نکلتے قد، دُہرے بدن اور چوڑی ہاڑ کے وجیہہ آدمی تھے۔ کھُلتا ہوا رنگ، گھُٹے ہوئے سر پر اصلی چنبیلی کے تیل کی چمک، آنکھوں پر سنہری کمانی کا گول شیشوں والا چشمہ اور ماتھے پر انگلی بھر موٹا ترِسول دار چندن کا تلک اُن کی شخصیت کو دلچسپ اور رعب دار بناتے تھے۔ بدن پر ہمیشہ گیروے کھدر کا گھُٹنوں تک کا کُرتا اور اس پر سفید کھدر کی خالص بنارسی ڈھنگ کی دھوتی پہنے رہتے تھے۔ پیروں میں کھونٹی دار کھڑاؤں اور گلے میں بڑے سے منکوں کی مالا پہن کر جب وہ کھٹ کھٹ کرتے گزرتے تو لوگ دور سے آواز سن کر نمسکار کرنے اور آشیرواد لینے کو کھڑے ہو جایا کرتے تھے۔

پنڈت جی سائیں بابا مندر کے پجاری تھے۔ رامائن پاٹھ اور ستیہ نارائن کتھا کے لئے دور دور تک مشہور تھے۔ گیانی آدمی تھے مگر غرور چھو کر بھی پاس سے نہیں گزرا تھا۔ ہر

ایک سے پریم اور خندہ پیشانی سے ملتے تھے اور زیادہ وقت پوجا پاٹھ اور لوگوں کی سیوا میں ہی گزارتے تھے۔ دل کے بہت نرم اور زبان کے اتنے ہی میٹھے تھے چنانچہ کیا چھوٹا اور کا بڑا سب ہی ان سے پیار اور محبت کا سلوک کرتا تھا۔ پنڈت جی اس علاقہ کی دھارمک سنستھا کے پرمکھ چالک بھی تھے اور اس وقت وہ دو اور ممبروں کے ساتھ رام چندر پانڈے کے برآمدہ میں مونڈھوں پر بیٹھے اس گمبھیر مسئلہ پر سوچ بچار کر رہے تھے جس نے پچھلے چند مہینوں سے محلہ کی بہت سی بے لگام زبانوں کو آزادی سے دوسروں پر الزام لگانے اور دھرم کی سخت خطرہ میں گرفتاری کا اعلان کرنے کا موقع فراہم کر رکھا تھا۔

اُن کے دوسرے ساتھی لالہ سری پت رام تھے جو چوک میں بھوسہ اور جلَونی لکڑی کی آڑھت کا کام کرتے کرتے سٹھیا سے گئے تھے۔ سیاہ رنگ، چھوٹے قد اور گول مٹول بدن کے لالہ جی ہر وقت کھوئے کھوئے سے رہتے تھے۔ لڑکے ان کو سرپٹ رام کہہ کر چِڑاتے تھے۔ شروع شروع میں تو وہ برا مان کر غصہ میں گالی دے لیا کرتے تھے، مگر اب اس قدر عادی ہو چکے تھے کہ چھوٹے بڑے سب انہیں سرپٹ رام کاکا کے نام سے ہی بلاتے تھے اور وہ ذرا بھی برا نہیں مانتے تھے۔ اِس وقت وہ بائیں ہاتھ کی ہتھیلی کہ پیالی میں چونا اور دیسی تمباکو کی چنیوٹی انگوٹھے سے کھسر کھسر گِھس رہے تھے جیسے تمام مقدمہ ان کی سمجھ میں آرہا ہو، ورنہ واقعہ یہ تھا کہ لکڑی اور بھوسے کی آڑھت کے علاوہ بیشتر باتیں ان کے کھچڑی سر کے اوپر سے یوں ہی گزر جاتی تھیں۔

مول چندر سریواستو اس تکون کا تیسرا کونہ تھے۔ وہ قریب کی کاٹن مل میں کلرک تھے۔ پوجا پاٹھ اور ساتھ ہی لیڈری کا بہت شوق تھا۔ چنانچہ مندر کے کاموں میں ہمیشہ پیش پیش رہا کرتے تھے۔ ہولی، دیوالی، رام نومی سے لے کر رام لیلا اور دسہرا تک مندر سجانے، پوجا کروانے اور پرساد بانٹنے اور کھانے میں نہایت چوکس تھے۔ اُنہیں لیڈری

کے شوق کی بدولت دوسرے کے پھٹے میں پاؤں اَڑانے کا لپکا ہو گیا تھا۔ خود چونکہ دھرم گیان سے کورے تھے، پنڈت سدانند جی کی چھتر چھایا میں ڈیرہ ڈالے رہتے تھے اور ان کے مضبوط کندھے پر رکھ کر اپنی کمزور سی بندوق چلانے کی فکر میں رہا کرتے تھے۔ پنڈت جی بھی اپنی سادہ دلی اور اِن کی طلب کے تقاضہ پر انہیں اکثر ساتھ لے لیتے تھے۔

سرپٹ کاکا نے دائیں ہاتھ سے بائیں ہتھیلی پر دو چار تھپکی دے کر فاضل چونا اڑایا اور پھر تمبا کو نچلے ہونٹ کے پیچھے رکھ کر بولے: "پانڈے جی! ای معاملہ بہوت گمبھیر ہے بھائی۔ سارا محلہ تُہار کھلاپ ہوئی گوا ہے۔ لوگ بائیکاٹ پر اُتارو ہیں بائیکاٹ پر! پنڈت جی مہاراج بھی کا کریں؟ کونو بات سننے کو تیار ناہیں ہے۔ دھرم شاستر سے کون جوکھم لے سکت ہے بھیا؟" سرپٹ کاکا نے یہاں پہنچ کر دونوں کانوں پر ہاتھ دھر کر اپنی چندھی آنکھیں آسمان کی طرف اُٹھا دیں۔

پانڈے جی بائیکاٹ کا سن کر گھبرا گئے۔ ویسے ہی وہ ان لوگوں کی مسلسل جرح سے بے حال ہو رہے تھے۔ اب بائیکاٹ کی دھمکی سنی تو اور دل پریشان ہو گیا۔ کمرہ میں کھلنے والے کواڑ کے پیچھے سے اچانک آنے والی چوڑیوں کی کھنک نے ان کو چونکا دیا۔ بسنتی آڑ میں بیٹھی چندا کو دودھ پلا رہی تھی اور اس نئی مصیبت نے شاید اس کو پہلو بدلنے پر مجبور کر دیا تھا۔ پانڈے جی ابھی جواب سوچ ہی رہے تھے کہ سریواستو جینے وار کیا: "سنا ہے کہ آپ نے اپنی بیٹی کا نام چاند سلطانہ رکھا ہے؟ یہ کیسا مسلمانی نام رکھا آپ نے؟"

پانڈے جی سنبھل کر بولے: "ہماری بیٹی کا نام چندرما دیوی ہے۔ رمجانی بابو کی پتنی اسے چاند سلطانہ کہتی ہیں۔ ویسے سب لوگ اسے پیار سے چندا بُلاتے ہیں۔ اس میں کون سی ایسی بری بات ہے؟" ان کا لہجہ کچھ گرم ہو چلا تھا۔ انہیں سماج کے ان ٹھیکہ داروں پر اب غصہ آ رہا تھا جو کسی کو خوش نہیں دیکھ سکتے تھے۔

سریواستو جی نے پنڈت سدانند جی کی طرف مسکرا کر دیکھا مگر وہاں سے جوابی مسکراہٹ نہ ملنے پر کچھ کھسیا سے گئے۔ اپنی ٹھوڑی پر بڑی سنجیدگی سے ہاتھ پھیر کر انہوں نے بڑے فاتحانہ انداز میں پوچھا: "چلیں، بیٹی کا نام ہم چندرما دیوی مانے لیتے ہیں۔ پرنتو ہم نے تو یہ بھی سنا ہے کہ وہ رمجانی بابو کی پتنی کا دودھ بھی پیتی ہے۔ ہے رام! یہ تو بالکل دھرم بھرشٹ کرنے والی بات ہے۔"

سریواستو جی کے اس سوال پر پانڈے جی بکھر ہی تو گئے۔ ان کے سیدھے سادے، انسان دوست ذہن میں دھرم، ادھرم، نشٹ، بھرشٹ کی الجھنیں کب تھیں جو اس نامعقول جرح کی باریکیوں کو وہ سمجھتے۔ اور اگر سمجھ بھی لیتے تو وہ انہیں مان لینے کو کب تیار تھے؟ انہوں نے ذرا تیوری چڑھا کر کہا:

"سریواستو جی! آپ سب کو معلوم ہے کہ چندا کیسے رمجانی بھائی کے گھر پل رہی ہے اور ان کی بیٹی انجم ہمارے گھر کیسے رہتی ہے۔ یہ بھگوان کی دیا ہے کہ دونوں بچیاں بسنتی اور سلمہ دیدی کو اپنی مائیں سمجھتی ہیں۔ بھوک لگنے پر جو بچی جہاں ہوتی ہے وہیں دودھ پی لیتی ہے۔ نہ انجم میری پتنی کا دودھ پی کر ہندو ہوتی ہے اور نہ ہی چندا رمجانی بھائی کی بیوی کا دودھ پی کر مسلمان! آپ لوگوں کو وہ پریم اور بھائی چارہ کیوں نہیں دکھائی دیتا ہے جو ان گھروں میں ہے؟ یہ جھگڑا کھڑا کرنے سے آپ لوگوں کو کیا ملے گا؟"

پنڈت سدانند جی نے مناسب سمجھا کہ اب معاملہ اپنے ہاتھ میں لے کر ٹھنڈا کرنے کی کوشش کریں۔ وہ اس بحث اور صورت حال سے خوش نظر نہیں آرہے تھے۔ ایک طرف ان کے دل کی نرمی اور محبت تھی جو اس مسئلہ سے چشم پوشی کر کے پانڈے جی کو ان کے حال پر چھوڑ دینے پر اکسا رہی تھی اور دوسری جانب اُن کا دھرم گیان، مندر میں ان کا مقام اور سماج کے تقاضے تھے جن کے نزدیک رواداری اور دردمندی سے زیادہ

اہم وہ بے لچک اور عقل سے کورے قانون تھے جو ہزاروں سال پہلے کسی شخص نے لکھ دئے تھے اور جن پر بے سوچ سمجھے عمل کرنا لوگوں نے دھرم بنا رکھا تھا۔

وہ رام چندر پانڈے سے مخاطب ہوئے تو ان کے چہرہ اور آواز سے ان کے دل کا درد اور ان کی مجبوری صاف ظاہر ہو رہی تھی: "پانڈے جی! آپ جو کہہ رہے ہیں وہ انسانیت کے ناطے ٹھیک معلوم ہوتا ہے مگر محلہ کے لوگ کہتے ہیں کہ اگر اس طرح کا سمبندھ عام ہو گیا تو آگے چل کر ہندو مسلمان آپس میں شادی بیاہ کرنے لگیں گے۔ پھر کیا ہو گا؟ آپ کو معلوم ہی ہے کہ میں آپ کا یا کسی اور کا دشمن نہیں ہوں۔ پر کیا کروں، جو شاستروں میں لکھا ہے اس کو توڑ نہیں سکتا ہوں۔ آپ ہندو ہیں اور پھر برہمن! آپ کی بچی مسلمان گھر میں پل رہی ہے، مسلمان استری کا دودھ پیتی ہے اور معلوم نہیں کیا کیا اس کو چکھنے چکھانے کو ملتا ہو گا۔ یہ سب ہندو دھرم بھرشٹ کرنے والی باتیں ہیں۔ دھارمک سنستھا نے اسی لئے مجھے یہاں بھیجا ہے کہ ہم لوگ آپ کو سمجھائیں اور بچی کہ پھر سے ہندو دھرم میں واپس لے آئیں۔"

پانڈے جی نے یہ سوچ کر کہ معاملہ جتنی جلدی نمٹ جائے اچھا ہے لہجہ نرم بنا کر پوچھا: "تو آپ لوگ کرنا کیا چاہتے ہیں؟ پنڈت جی! آپ نے اس سمسّیا کا کچھ نہ کچھ راستہ تو نکالا ہی ہو گا؟"

--

رام چندر پانڈے کو جب رمضان علی بابو کے پڑوس کا مکان ملا تھا تو چند دنوں میں ہی دونوں گھروں میں تعلقات قائم ہو گئے تھے۔ دونوں سیدھے سادے، درد مند آدمی تھے۔ مذہب اور دھرم کے فرق، ہندو مسلم سیاست اور خواہ مخواہ کے جھگڑوں سے دونوں نفرت کرتے تھے۔ سب سے بڑی بات یہ ہوئی کہ دونوں کی بیویاں ایسی گھل مل

گئیں کہ جو تھوڑی بہت اجنبیت دنیاداری کے تقاضوں سے رہ جاتی وہ بھی نہیں رہی۔ اتنا ضرور ہوا کہ پانڈے جی، رمضان علی کو سب کی طرح رمضانی بھائی تو ضرور کہتے تھے لیکن ان کے گھر کا کھانا پینا ان کی عمر بھر کی ہندو تربیت یافتہ طبیعت گوارا نہیں کرتی تھی۔ رمضان علی اور ان کی بیوی سلمہ پانڈے جی اور بسنتی کے اس اصول کا احترام کرتے تھے اور بھول کر بھی اس کا ذکر زبان پر نہیں لاتے تھے۔ سلمہ اور بسنتی کا بیشتر وقت ساتھ ہی گزرتا تھا اور سلمہ کا دو سالہ بیٹا انور بسنتی سے ایسا مانوس ہو گیا تھا کہ اس کے گھر جاتا تو اکثر کھاپی کر وہیں سو بھی جاتا تھا۔ بسنتی بھی اسے اپنے بچہ کی طرح چاہتی تھی۔

یوں بسنتی دل کی بڑی دُکھی تھی۔ شادی کو بارہ برس ہو گئے تھے مگر اس کی گود اولاد سی محروم تھی۔ کون سا جتن تھا جو اس نے اولاد حاصل کرنے کے لئے نہیں کیا تھا۔ ڈاکٹروں اور ویدوں کے علاج سے ہار کر پوجا پاٹھ، منت مراد اور تیرتھ یاترا سبھی کچھ تو کر ڈالا تھا۔ ہردوار کی پہاڑیوں کی پتھریلی خاک تک تو وہ چھان آئی تھی مگر بھگوان انتریانی ہوتے ہوئے بھی اب تک اس پر مہربان نہیں ہوئے تھے۔ سلمہ سے دل کا حال کہہ کر اسے سکون سا مل جاتا تھا۔ سلمہ بھی اس کو دلاسہ دیتی رہتی تھی:

"بسنتی! مایوس نہ ہو۔ کون سا ایسا وقت نکل گیا ہے؟ بارہ سال ہی تو ہوئے ہیں۔ اللہ کو رحم کرتے دیر تھوڑی لگتی ہے۔ دیکھ لینا ایک دن تم مجھے خوشخبری سنانے بھاگی بھاگی آؤ گی، ہاں!" اور بسنتی مری سی مسکراہٹ سے سلمہ کی بات سن کر خاموش ہو جاتی۔

پھر ایک دن جانے بسنتی کو کیا سوجھی کہ سلمہ سے کہنے لگی: "دیدی! میں تو سب جتن کر کے ہار گئی۔ نہ ڈاکٹروں سے کچھ ہوتا ہے اور نہ پوجا پاٹھ سے۔ اب تم ہی کچھ کرو نا دیدی! کیا پتہ تمہاری دعا ہی لگ جائے!"

سلمہ نے اس کے بھولے پن پر ہنس کر کہا: "اری پاگل! کیا میں تمہارے لئے دعا

نہیں کرتی ہوں؟ اب جب اللہ چاہے گا دعا قبول کرے گا۔ تم دل تھوڑا مت کرو۔ وقت پر سب ٹھیک ہو جائے گا۔" مگر بسنتی پیچھے پڑ گئی: "نہیں دیدی! کچھ کرو۔ میرا کہا مان لو میری دیدی!"

سلمہ نے سوچ کر کہا: "میں کیا کروں بسنتی؟ چلو اگلے جمعہ کو قرآن خوانی رکھے لیتی ہوں۔ پھر سب دعا مانگیں گے۔ اوپر والا بڑا کارساز ہے۔ تم بھی بھگوان پر بھروسہ رکھو۔ جو ہو گا اچھا ہو گا۔"

اور پھر اگلے جمعہ کو رمضانی بابو کے گھر سلمہ کی کئی سہیلیوں نے مل کر قرآن ختم کیا۔ برآمدہ میں دریاں بچھا کر اور ان پر سفید چادریں ڈال کر بیٹھک کا انتظام کیا گیا تھا۔ گھر لوبان اور اگر بتّی کی خوشبو سے مہک رہا تھا اور بسنتی ایک کونہ میں سفید ساری سے سر ڈھکے خاموش سب کچھ دیکھ رہی تھی۔ قرآن خوانی کے بعد جب سلمہ نے ہاتھ اٹھا کر اللہ تعالی سے اس کی ویران گود بھرنے کی دعا مانگی تو بسنتی بے اختیار رو پڑی اور دیر تک سلمہ کے کندھے سے لگی روتی رہی۔ سلمہ نے اپنے دوپٹہ سے اس کے آنسو پوچھے تو دیدی کے بھیگے گال دیکھ کر پھر سسکیاں لے کر سلمہ کے شانہ سے لگ گئی۔ اور دونوں مل کر خوب ہی تو روئیں۔ محفل میں خاموشی تھی اور ہر شخص اس منظر سے متاثر نظر آ رہا تھا۔

--

معلوم نہیں قدرت کن اصولوں پر کام کرتی ہے، کون سی دعا قبول ہوتی ہے اور کون سی نہیں۔ پھر اگر قبول ہوتی ہے تو کیوں ہوتی ہے۔ اللہ یا بھگوان کیسے اس کا فیصلہ کرتا ہے کہ ایک کو بامراد اور دوسرے کو محروم رکھے۔ بہرحال ایک صبح بسنتی بھاگی بھاگی سلمہ کے گھر آئی اور اس سے لپٹ کر ایسا بے اختیار روئی کہ سلمہ حواس باختہ ہو گئی۔

"ارے کیا ہو گیا بسنتی، کیوں رو رہی ہو؟ بھائی صاحب تو ٹھیک ہیں؟ کوئی بری خبر

کہیں سے آئی ہے؟" وہ گھبرا گھبرا کر پوچھ رہی تھی اور بسنتی کے آنسو تھے کہ تھمنے کا نام ہی نہیں لے رہے تھے۔ تھوڑی دیر بعد ہچکیاں لیتے لیتے اس نے دیدی کو جب وہ خوشخبری سنائی جس کا بارہ سال سے انتظار تھا تو سلمہ کی بے اختیار چیخ سی نکل گئی۔

"ارے بسنتی سچ؟ یا اللہ تیرا شکر ہے!"

پھر تو دونوں لپٹ کر ایسا روئیں کہ ہچکیاں بندھ گئیں۔ ذرا حواس ٹھکانے آئے تو سلمہ سے اور تو کچھ نہ بن پڑا، پاس رکھی شکر دانی سے شکر کا چمچہ بسنتی کے منھ میں ڈال دیا: "لے، منھ تو میٹھا کر لے اپنا!" اور بسنتی نے روتے روتے منھ کھول دیا۔ پھر گھبرا کر سلمہ کا منھ حیرت سے تکنے لگی۔ مگر اب تو دیر ہو چکی تھی!

"اے ہے بسنتی! میں بھی باؤلی ہو گئی تھی۔ اپنے گھر کی شکر تجھ کو کھلا دی" سلمہ دیدی گھبرا کر بولیں۔ "پانڈے جی کو معلوم ہوا تو کیا ہو گا؟ میری بہن ان سے کہنا مت، میں بھی کسی سے نہیں کہوں گی۔"

"چھوڑو دیدی! تم فکر نہ کرو۔ تمہارے بھائی صاحب اتنی سی شکر کھا لینے پر مجھ سے ناراج تھوڑی ہو جائیں گے۔" بسنتی مسکرا کر بولی۔

"اچھا! تو یوں کہو کہ پانڈے جی کو بس میں کر رکھا ہے!" سلمہ نے ہنس کر چٹکی لی۔ بسنتی جھینپ گئی: "ہٹو دیدی، تم بھی کیا باتیں کرتی ہو!"

اس ہنسی مذاق میں سلمہ اُسے یہ بتانا بھول گئی کہ جس خوشی سے بسنتی آج مالا مال ہوئی تھی، وہی خود اس کے گھر میں انور کے بھائی بہن کی شکل میں جلد ہی آنے والی تھی!

--

پھر یوں ہوا کہ ہفتہ بھر کے آگے پیچھے سے سلمہ اور بسنتی بچیوں کی مائیں بن گئیں۔ تیسرے ہی دن بسنتی اور پانڈے جی بچی کو لے کر رمضان علی کے مکان پر پہنچ گئے، اور

پہنچتے ہی بسنتی نے بچی کو سلمہ دیدی کی گود میں ڈال دیا۔ رمضانی بابو سوالیہ نظروں سے بسنتی کو دیکھ رہے تھے کہ پانڈے جینے کہا:

"رمجانی بھائی! یہ بیٹی سلمہ دیدی کی دعاؤں کی دین ہے۔ یہ آج سے آپ کی بیٹی ہے۔ اس کا نام آپ ہی رکھئے اور اسے پالئے بھی آپ ہی۔"

رمضان علی نے محبت سے پانڈے جی کے کاندھے پر ہاتھ رکھ کر کہا: "بھئی، تمہاری اولاد اور ہماری اولاد سب برابر ہے۔ تمہاری بیٹی ہمیشہ ہماری بیٹی رہے گی۔ مگر یہ نام وام رکھنے اور پال نے والی کیسی بے ڈھب بات کر رہے ہو! اللہ تمہاری بیٹی کو عمر دے۔ ہمیں شرمندہ نہ کریں۔"

ابھی وہ شاید کچھ اور کہتے مگر بسنتی آنکھوں میں آنسو بھرے، ہاتھ جوڑ کر کھڑی ہو گئی:

"بھائی صاحب! آپ کو ہماری بات ماننی ہی پڑے گی۔ یہ بیٹی سلمہ دیدی کو لینی ہی ہو گی۔::

رمضانی بابو نے بے بسی سے سلمہ کی طرف دیکھا تو اس نے مسکرا کر کہا: "رکھ دیجئے نہ نام! ایسی کیا بڑی بات ہے۔"

اب رمضانی بابو بھی موڈ میں آ چکے تھے: "چلو یوں ہی سہی۔ پانڈے بھائی! بچی کا نام چندرما دیوی رکھ دو۔ جیسی صورت ہے ویسا ہی نام بھی ہونا چاہیے۔"

سلمہ نے چندرما دیوی کا منھ چومتے ہوئے کہا: "میں تو اسے چاند سلطانہ کہوں گی۔ ہے بھی تو چاند ایسی!"

"ارے اللہ کا شکر ادا کرو کہ بچی ماں پر گئی ہے۔ خدانخواستہ باپ پر جاتی تو لینے کے دینے پڑ جاتے۔" رمضان علی نے شرارت سے مسکرا کر کہا۔

ان کے اس مذاق پر رام چندر پانڈے بھی بے اختیار ہنس پڑے۔ پھر سلمہ کی طرف کچھ بھیگی بھیگی آنکھوں سے دیکھ کر بولے:" دیدی، دو دو بیٹیاں لے کر بھی کیا آج منھ میٹھا نہیں کراؤ گی؟"

سلمہ ان کی بات سن کر ہکا بکا رہ گئی۔ پانڈے جی جو ان کے گھر کے گلاس میں خود اپنے گھر کا پانی پیتے ہوئے جھجھکا کرتے تھے آج ان سے مٹھائی مانگ رہے تھے۔ جلدی سے بھاگ کر باورچی خانہ سے پلیٹ میں تِل کے لڈّو سجا لائیں۔ ایسی خوشی کا تو تصور بھی ان میں سے کسی نے نہیں کیا ہو گا جو اس دن دونوں گھروں میں منائی گئی۔

۔

پنڈت جی نے پانڈے جی کا سوال سن کر ایک مرتبہ انہیں بڑی گہری اور گمبھیر نظروں سے دیکھا۔ پھر آنکھیں معلوم نہیں کیوں نیچی کر لیں اور بہت دھیمی آواز میں بولے:

"شاستروں میں لکھا ہے کہ آپ کی بیٹی کی شدھی ہونی چاہئے۔"

سریواستو جی نے پنڈت جی کی ہاں میں ہاں ملانے کے لئے جلدی سے فرش پر رکھی، برگد کے پتّے سے ڈھکی ہوئی پیتل کی لُٹیا کی طرف اشارہ کرتے ہوئے کہا:"اور شدھی کے لئے ہم گؤ موتر ساتھ ہی لے کر آئے ہیں۔"

"گؤ موتر!!" پانڈے جی کی چیخ نکل گئی۔ "آپ ہماری بیٹی کو گؤ موتر پلائیں گے؟ کیا کہہ رہے ہیں آپ پنڈت جی؟" غم و غصہ سے ان کا رنگ بدل گیا تھا اور وہ تھر تھر کانپ رہے تھے۔ پنڈت جی کی خاموشی دیکھ کر سر پٹکا تو صرف سر ہِلا کر رہ گئے مگر سریواستو جی نے جواب دینا ضروری سمجھا۔

"جب شاستروں کا یہی حکم ہے تو کوئی بھلا کیا کر سکتا ہے؟ پھر گؤ موتر تو گؤ ماتا کا پوتر

وردان ہے۔"

ابھی پانڈے جی اس پوتر وردان پر کچھ بولنے ہی والے تھے کہ کمرہ کا دروازہ کھلا اور گود میں سوئی ہوئی بچی کو لئے بسنتی اُتر کر برآمدہ میں آگئی۔ وہ محلہ کے مردوں کے درمیان اس سے پہلے ایسی بے باکی سے کبھی نہیں آئی تھی۔ اپنی پریشانی اور غصہ کے باوجود پانڈے جی اس کی ہمت اور حالت دیکھ کر اپنی حیرت پر قابو نہیں رکھ سکے اور منھ کھولے، آنکھیں پھاڑے اسے دیکھتے کے دیکھتے ہی رہ گئے۔

بسنتی پر اس وقت عجیب کیفیت کا عالم تھا۔ ساری کا پلّو سر سے ڈھلکا ہوا تھا اور بال بکھر کر پیشانی پر پسینہ سے چپکے ہوئے تھے۔ رنج اور غصہ سے اس کا چمپئی رنگ تانبہ کی طرح دمک رہا تھا۔ دونوں گال سرخ آنکھوں سے بہتے ہوئے آنسوؤں سے تر ہو رہے تھے اور وہ سارے بدن سے کانپ رہی تھی۔ اس کے چہرہ پر کچھ ایسا جلال تھا کہ پنڈت جی کی نظریں اک مرتبہ ہی اس کی نظروں سے مل کر پھر اُٹھنے کی ہمت نہیں کر سکیں۔

بسنتی نے آگے بڑھ کر کانپتے ہوئے ہاتھوں سے چندا کو پنڈت جی کی گود میں ڈال دیا اور پھر بھرائی ہوئی آواز میں اس نے کہا:

"پنڈت جی مہاراج! ہمیں نہیں معلوم تھا کہ ماں کا دودھ بھی ہندو اور مسلمان ہوتا ہے۔ پلایئے آپ اسے گؤ موتر! کریے اس کی شدھی!" پھر اس کا گلا رندھ گیا اور وہ خاموش ہوگئی۔ معلوم ہوتا تھا جیسے سب کو ہی سانپ سونگھ گیا ہو۔

پنڈت جی نے نظریں جھکائے چندا کو دیکھا اور دیکھتے ہی رہ گئے۔ نیند کے نشہ میں چندا نے آنکھیں آدھی کھولیں اور پنڈت جی کو دیکھ کر پھر بند کرلیں۔ اس کے پھول سے ہونٹوں پر نیند میں ایک ہلکی سی مسکراہٹ آئی۔ اس نے سوتے سوتے دو چار مرتبہ چسر چسر ہونٹ ہلائے اور رال میں ملی ہوئی ابھی ابھی پیئے ہوئے دودھ کی ایک بوند اس

کی بانچھ سے نکل کر گال پر سے پھسلتی ہوئی پنڈت جی کے گیروے کُرتے میں جذب ہو گئی۔

پنڈت جیے ایک گہری سانس لے کر اٹھے اور انہوں نے نہایت آہستگی سے چندا کو پانڈے جی کی گود میں ڈال دے دیا۔ پھر انہوں نے جھک کر گؤ موتر کی لُٹیا اٹھائی اور بھاری بھاری قدموں سے باہر کے دروازہ کی طرف آنگن میں چل دئے۔ دروازہ پر پہنچ کر ایک لمحہ کو رکے، جھک کر گؤ موتر کی لُٹیا نالی میں پوری کی پوری انڈیل دی اور خالی ہاتھ دروازہ کھول کر لمبے لمبے قدم بڑھاتے وہ گھر سے باہر نکل گئے۔

اور اُدھر چندرما دیوی عرف چاند سلطانہ عرف چندا تھی کہ پنڈت سدانند شاستری جی کی شدھی سے فارغ ہو کر پانڈے جی کی گود میں بے خبر سو رہی تھی!

***

پچھمی پوجا

میں اس اتوار ناشتہ سے فارغ ہو کر اخبار دیکھ ہی رہا تھا کہ چپراسی عبدالقادر کی آواز نے مجھے چونکا دیا:

"ہجور! پنڈت بینی پرساد سلام کرنے آئے ہیں اور ملنا چاہتے ہیں۔"

اتوار کی صبح کسی ٹھیکہ دار کا اس طرح آنا بڑی عجیب سی بات تھی۔ چھٹّی کا دن تھا چنانچہ کام کا سوال ہی نہیں اٹھتا تھا۔ اس کا بھی یقین تھا کہ پنڈت جی مجھ کو "دستوری" دینے نہیں آئے تھے جو پی ڈبلو ڈی ڈپارٹمنٹ میں رشوت کا مہذب نام تھا۔ سب جانتے تھے کہ میرا دامن محکمہ کی اس لعنت سے پاک تھا۔ پھر بھلا پنڈت جی مجھ سے اس وقت کیوں ملنا چاہتے تھے؟

میں نے اخبار میز پر رکھتے ہوئے عبدالقادر سے کہا: "اچھا، برآمدہ میں دو کُرسیاں ڈال دو۔ میں ابھی آتا ہوں۔"

فتحپور ضلع پی ڈبلو ڈی میں میرے تقرر کو صرف چھ ماہ ہی ہوئے تھے۔ علی گڑھ یونیورسٹی سے انجینئرنگ کر کے میں پچھلے سال ہی نکلا تھا گویا پی ڈبلو ڈی کی دنیا میں نووارد تھا۔ اس مختصر سی مدت میں ہی رشوت کی گرم بازاری، عملہ کی بدعنوانیاں اور ٹھیکہ داروں کی بے ایمانی دیکھ کر طبیعت مکدر ہو گئی تھی۔ اس محکمہ کی کوئی کل ان روایات اور اقدار کے مطابق نہیں تھی جن کی تعلم و تربیت میرے شریف اور سیدھے سادے والدین نے ہمیشہ دی تھی۔ چنانچہ میں نے پی ڈبلو ڈی سے چھٹکارا حاصل کرنے کا ارادہ

شروع ملازمت میں ہی کر لیا تھا اور اِدھر اُدھر نوکری کی تلاش میں تھا۔

پنڈت بینی پرساد سے میں خوب واقف تھا۔ میرے علاقہ کے کئی ٹھیکے اُن کے پاس تھے۔ اکثر دفتر میں نظر آجاتے تھے۔ درمیانہ قد، ورزشی بدن، سانولا رنگ، خوش شکل آدمی تھے۔ چمکتی ہوئی آنکھوں پر گول شیشوں کی کمانی دار عینک لگائے، سفید خم دار مونچھوں کے درمیان مسکراتے ہوئے وہ جب جھک کر نمسکار کرتے تو آدمی متاثر ہوئے بغیر نہیں رہ سکتا تھا۔ بات چیت بڑی نرم اور سلجھی ہوئی کرتے تھے مگر میں نے غور کیا تھا کہ دفتر میں بڑے بابو رام بہاری سے لے کر بھگوان داس چپراسی تک ہر شخص پنڈت جی سے سنبھل کر بات کرتا تھا بلکہ کچھ ڈرا ڈرا سا نظر آتا تھا۔ میرے سوال پر کہ: "علاقہ کے اکثر بڑے ٹھیکے آخر اُن کے پاس ہی کیوں تھے؟" رام بہاری بابو بڑی سنجیدگی سے سمجھانے والے انداز میں جواب دیتے کہ: "صاحب! یہ پرانے ٹھیکہ دار ہیں۔ دام لگانا اور کام کرنا خوب جانتے ہیں۔ اِس طرف ان کی ٹکر کا کوئی اور ٹھیکہ دار نہیں ہے۔"

میں کمرہ سے نکل کر برآمدہ میں آیا تو پنڈت جی نے کرسی سے اٹھ کر ہاتھ جوڑ کر نمسکار کیا، اور میری دعوت پر پھر کرسی پر بیٹھ گئے۔ ان کے چہرے سے سنجیدگی اور پریشانی صاف ظاہر ہو رہی تھی۔

میں نے پوچھا: " کہئے پنڈت جی! سویرے سویرے آج کیسے آنا ہوا؟ خیریت تو ہے؟"

پنڈت جی نے دھوتی کے پلو سے پسینہ پوچھتے ہوئے جواب دیا: "ہجور! کیا بتائیں۔ آپ نے تو بڑا اگجب کر دیا۔ ہمارے اوپر بھٹورا روڈ کے کام پر جرمانہ کر دیا۔ صاحب آج تک کسے نے ایسا نہیں کیا۔ یہ تو اچھا نہیں ہوا۔"

اُن کی اس بات پر مجھ کو حیرت بھی ہوئی اور غصہ بھی آیا۔ میرے فیصلہ پر کہنے کی

ہمت، وہ بھی اتوار کی صبح ایسے لب ولہجہ میں، انہیں ہوئی تو کیسے ہوئی؟ میں نے ذرا تیزی سے کہا: "پنڈت جی! اس میں غضب کی کون سی بات ہے؟ پچھلے ہفتہ بھٹورا روڈ کے دورہ پر کنکر کی چُنائی دیکھی تھی۔ آپ ایسی ہی چُنائی کراتے ہیں کیا؟ اس کے بعد سڑک کتنے دن چلے گی؟ دیکھئے! میرا علاقہ میں ایسے کام نہیں ہو گا۔ اگر کام غلط ہو گا تو جرمانہ بھی ہو گا۔ غضب تو آپ کر رہے ہیں پنڈت جی، میں تو صرف کام صحیح کرانا چاہتا ہوں!"

پنڈت جی میری تقریر اطمینان سے سنتے رہے جیسے کوئی بات ہی نہ ہو! پھر ٹوپی سیدھی کرتے ہوئے بولے: "ہجور! آپ نئے نئے آئے ہیں۔ آپ کو کھبر نہیں ہے کہ یہ ٹھیکہ ٹھاکر جگراج سنگھ جی کا ہے! ہمارا تو سرپھ کاگج پر نام لکھا ہوا ہے۔ اس اِلاکہ میں ٹھاکر صاحب کا راج ہے۔ جیسا وہ کہیں گے ویسا ہی ہو گا۔ آپ کو رستوگی بابو اوورسیر نے ساید نہیں بتایا ہے۔ اب ٹھاکر صاحب نے کہلایا ہے کہ انجینئر صاحب سے سمجھا دو کہ جرمانہ واپس لے لیں اور آگے کھیال رکھیں۔"

میں نے ذہن میں بجتی ہوئی خطرہ کی گھنٹی کو افسری کے زعم میں نظر انداز کرتے ہوئے جواب دیا: "یہ ٹھاکر جگراج سنگھ جی کون ہیں پنڈت جی؟ اور یہ سمجھانے والی بات بھی خوب رہی۔ آپ دھمکی دے رہے ہیں کیا؟"

پنڈت جی نے بڑی نرمی سے کہا: "ارے نہیں صاحب! ہماری ایسی ہمت کہاں؟ پر ٹھاکر صاحب کی بات دوسری ہے۔ اُن سے بیر کرنا ٹھیک نہیں ہے ہجور۔ پولس بھی ان سے ڈرتی ہے۔ جس کو چاہیں مروا دیں، جس کا چاہے گھر جلوا دیں۔ ٹھاکر صاحب کو معلوم ہے کہ آپ نئے ہیں، اور انجانے میں جرمانہ لگا دیا ہے۔ آپ جرمانہ واپس لے لیں صاحب! معاملہ بڑا گمبھیر ہے۔"

اب میں بری طرح گھبرا چکا تھا۔ "ٹھاکر جگراج سنگھ کوئی ڈکیت ہیں کیا؟" میں نے

ہکلاتے ہوئے پوچھا۔

پنڈت بینی پرساد مسکرائے: "آپ ایسا ہی سمجھ لیجئے صاحب! دور دور تک ان کی دھاک ہے۔ یہاں ان کی مرجی کے کھلاپھ کئی کام نہیں ہو سکتا ہے۔ آپ کاہے کو کسی چکر میں پڑتے ہیں۔ ہمارا کہنا مان لیجئے اور بس!"

معاملہ اب بڑا نازک ہو چلا تھا، اور میری ناتجربہ کاری اس نزاکت کو پوری طرح سمجھ نہیں پا رہی تھی۔ جرمانہ تو میں اگلے دن واپس لے سکتا تھا لیکن پھر اس کا علم سب دفتر کو ہو جاتا کہ صاحب نے بینی پرساد سے ڈر کر جرمانہ واپس لے لیا ہے۔ اور اگر نہ لیتا تو ٹھاکر صاحب معلوم نہیں میرے ساتھ کیا کرتے۔ کچھ دیر سوچ کر بڑی ہمت سے میں نے پنڈت جی سے کہا: "پنڈت جی! اب تو جرمانہ ہو چکا۔ واپس لینے میں میری بڑی بے عزتی ہو گی۔ آپ ٹھاکر جگراج سنگھ جی سے میری طرف سے کہہ دیجئے گا کہ یہ جرمانہ اسی طرح سے رہے گا۔ ہاں، آئندہ ایسا نہیں ہو گا۔"

پنڈت جی میری جانب حیرت سے دیکھ رہے تھے جیسے انہیں میری بات کا یقین نہیں آ رہا ہو۔ آج سے پہلے شاید کسی نے ایسی حماقت کی نمائش نہیں کی تھی۔

انہوں نے پھر سمجھایا: "صاحب! ایسا نہ کیجئے۔ آپ کو کھبر نہیں ہے کہ آپ کیا کر رہے ہیں!"

میں نے اپنی بات کی پچ کرتے ہوئے کہا: "آپ ٹھاکر صاحب سے کہہ کر تو دیکھئے، کیا پتہ وہ مان ہی جائیں۔"

کچھ دیر تک اور کوشش کر کے پنڈت بینی پرساد مایوسی اور حیرت سے سر ہلاتے ہوئے دوسرے دن آنے کا وعدہ کر کے چلے گئے۔ وہ سارا دن مجھے اپنی حماقت پر افسوس اور غصہ میں گزرا۔ رہ رہ کر خیال آتا تھا کہ معلوم نہیں ٹھاکر جگراج سنگھ کل میری کیا

درگت بنائیں گے۔ مگر تیر اب کمان سے نکل چکا تھا اور سوائے انتظار کوئی چارہ نہیں تھا۔

۔(۲)۔

دوسرے دن پنڈت جی کا رکشہ دروازہ پر آکر رکا تو میں ان کا منتظر ہی تھا۔ رسمی علیک سلیک کے بعد میں نے پوچھا: "تو پنڈت جی! ٹھاکر صاحب نے کیا جواب دیا؟"

پنڈت جی اک دم مسکرا دیئے۔ دھوتی کا پلو سنبھالتے ہوئے انہوں نے میری طرف چمکدار آنکھوں سے دیکھا: " ارے ہُجور! گجب ہو گیا! ہم نے تو ایسا سوچا بھی نہیں تھا کہ ٹھاکر صاحب ایسا جواب دیں گے۔ بالکل گجب ہو گیا صاحب!"

ابھی وہ شاید کچھ اور بھی کہتے مگر میں نے بے صبری سے ان کی بات کاٹ دی: "آپ یہ بتائیں کہ انہوں نے کیا کہا!"

" صاحب، آپ کی بات سن کر ٹھاکر صاحب کو ایسا اچنبھا ہوا کہ ہاتھ سے ٹھنڈائی کا گلاس چھوٹتے چھوٹتے بچا! پھر بولے کہ ایسا کون مائی کا لال، جیالا جوان ادھر آگیا ہے کہ ہم پر جرمانہ کرتا ہے اور پھر واپس نہیں لیتا ہے؟" پنڈت جی اپنی ترنگ میں بول رہے تھے اور ادھر اس مائی کے لال، جیالے جوان کی سٹّی گم ہوئی جا رہی تھی!

میں نے بڑی گھبراہٹ سے پوچھا: " مگر پنڈت جی! جرمانہ کا کیا ہوا؟ ٹھاکر صاحب آخر کیا کہتے ہیں؟"

پنڈت بینی پرساد کو شاید میری حالت پر ترس آگیا اور وہ اصل بات کی طرف آ گئے: "ٹھاکر صاحب کہتے ہیں کہ ٹھیک ہے جرمانہ رہنے دو۔ پر ہماری بھی ایک سرط ہے۔ انجینئر صاحب سے کہو کہ وہ ہم سے ملنے آئیں۔ چائے پانی پئیں گے اور کچھ بات چیت رہے گی۔"

اس عجیب شرط کو سن کر میرے تو چھکے چھوٹ گئے۔ یوں سمجھئے کہ موت سامنے نظر

آ رہی تھی اور بنی پرساد جی تھے کہ میری حالت دیکھ کر ایسے مسکرائے جا رہے تھے جیسے کوئی بات ہی نہ ہو۔

میں نے روہانسی آواز میں پوچھا: "پنڈت جی آخر ٹھاکر صاحب مجھ کو کیوں بلا رہے ہیں؟ کیا ماریں پیٹیں گے مجھ کو؟"

"ارے رام رام! نہیں صاحب۔ آپ پریشان نہ ہوں۔ ٹھاکر جگراج سنگھ ایسے آدمی نہیں ہیں۔ پھر ہم بھی تو آپ کے ساتھ ہوں گے اور ساتھ ہی واپس لے آئیں گے۔ صاحب! آپ ہمارا کہنا مان لیجئے اور چلے چلئے۔ ٹھاکر صاحب کو ناراج کرنا اچھا نہیں ہے ہجور!" پنڈت جی اب بہت سنجیدہ ہو چکے تھے۔

پنڈت جی کی آخری بات سے اب میں سو فیصد متفق رکھتا تھا۔ مگر دل تھا کہ ڈر سے یوں دھڑک رہا تھا جیسے آج کے بعد پھر کبھی نہیں دھڑکے گا۔ ٹھاکر صاحب کے اڈّے پر جانے کا خیال ہی مجھ کو ادھ مرا کئے دے رہا تھا۔

میں نے جان بچانے کی آخری کوشش کی: "پنڈت جی! میں سرکاری ملازم ہوں۔ میرا جانا مناسب نہیں ہے۔ کیا پتہ کیا ہیر پھیر ہو جائے۔ ٹھاکر صاحب ہی ادھر ملنے کیوں نہیں آ جاتے ہیں؟"

وہ میری بے چارگی اور معصومیت پر زیر لب مسکرائے اور پھر بولے: "صاحب! آپ کسی ٹھیکہ دار سے ملنے کب جا رہے ہیں؟ پھر یہ بھی تو ہے کہ ٹھاکر صاحب یہاں آئیں گے تو اکیلے تھوڑی آئیں گے۔ ساتھ میں پانچ چھ لٹھیت ہوں گے۔ اس میں تو بڑا اپھجیتہ ہو گا۔"

بات معقول تھی ایسے فضیحتہ کے امکانی نتیجوں کی جانب تو میرا دھیان بھی نہیں گیا تھا۔ ہتھیار ڈالتے ہوئے میں نے مری آواز میں پوچھا: "اچھا پنڈت جی! آپ کی ذمہ داری

پر چلے چلتے ہیں۔ کب جانا ہے ؟"

"اگلی سنیوار کو ٹھاکر صاحب کے یہاں پچھمی پوجا ہے۔ اسی دن بلوایا ہے۔" پنڈت جی نے بتایا۔ "اور ہاں صاحب! ٹھاکر صاحب نے یہ بھی کہلایا ہے کہ پھکر نہ کریں۔ وہاپ کے لئے کھاس انتجام کروا رہے ہیں۔"

میرے پیروں تلے سے زمین سرکتی ہوئی محسوس ہو رہی تھی۔ "خاص انتظام؟ کیسا خاص انتظام؟" میں نے گھبرا کر پوچھا۔

"اب یہ تو ہم کو پتہ نہیں صاحب! ٹھاکر صاحب ہم سے پوچھ کر کام تھوڑی کرتے ہیں!" پھر تھوڑی دیر بعد پنڈت جی اگلی سنیچر کی دوپہر آنے کا وعدہ کر کے چلے گئے۔

۔(۳)۔

رکشہ پر میرے برابر بیٹھے ہوئے پنڈت بنی پرساد تھوڑی تھوڑی دیر بعد گلا صاف کرنے کو کھنکارتے اور رکشہ والے کو راستہ بتاتے جاتے تھے۔ وہ آج کچھ گھبرائے گھبرائے سے نظر آرہے تھے۔ بار بار کھنکارنا اور رکشہ والے سے خواہ مخواہ بات کرنا شاید اسی گھبراہٹ کی نشانیاں تھیں۔ میری حالت تو یہ تھی کہ دل دھڑک رہا تھا، دماغ میں اول فول خیالات آرہے تھے اور بولتی بند تھی۔ اِس حالت کو ابتر کرنے میں شاید اُن لٹھیت جوانوں کا ہاتھ بھی تھا جو سائیکلوں پر سوار، کاندھوں پر شام دار لاٹھیاں سجائے رکشہ کے پیچھے پیچھے آرہے تھے اور بقول پنڈت جی ہماری حفاظت کے ذمہ دار تھے۔ پندرہ بیس منٹ کے بعد رکشہ ایک تنگ گلی میں ایک مکان کے سامنے رک گیا جس کے دروازہ پر بیٹھے ہوئے لٹھیت کی "رام، رام" کا جواب پنڈت جی نے اپنے مخصوص انداز میں دیا اور مجھے ساتھ آنے کا اشارہ کرتے ہوئے گھر میں داخل ہو گئے۔

"رام رام ٹھاکر صاحب! یہ انجینئر صاحب آپ سے بھینٹ کرنے آ گئے ہیں۔

پنڈت جی نے صحن میں مونڈھے پر بیٹھے ایک شخص سے مخاطب ہو کر کہا۔

"رام رام پنڈت جی! آیئے انجینئر صاحب ادھر آیئے!" ٹھاکر صاحب نے مسکراتے ہوئے مجھے اپنے برابر مونڈھے کی جانب اشارہ کیا۔ میں نے ڈرتے ڈرتے ہاتھ ملایا اور مونڈھے پر بیٹھ گیا۔ ٹھاکر صاحب کے ارد گرد مونڈھوں پر چار لوگ اور بیٹھے ہوئے تھے۔ سب مجھ کو کچھ حیرت اور کچھ تمسخر کی نظر سے دیکھ رہے تھے۔ سوچتے ہوں گے کہ یہ کون بانگڑو ادھر آ پھنسا! صحن میں نیم کے درخت کے پاس لگے نل کے قریب ایک شخص بڑی سرگرمی سے کچھ گھونٹ رہا تھا اور کن انکھیوں سے مجھے دیکھے جا رہا تھا۔ میری نظریں ٹھاکر صاحب سے ملیں تو ان کی مسکراتی ہوئی آنکھوں نے ایک لمحہ کہ وہ خوف میرے دل سے کم سا کر دیا جس سے وہ اندر ہی اندر کانپ رہا تھا۔

ٹھاکر جگراج سنگھ چالیس پینتالیس سال کے دراز قد، گٹھے بدن اور کھُلی رنگت کے وجیہہ شخص تھے۔ چہرہ پر تاؤدار گھنیری مونچھیں اور ہاتھ میں تین چار سونے کی انگوٹھیاں ان کی شخصیت کو رعب دار بنا رہی تھیں۔ اِس رعب میں یقیناً اس دونالی بندوق کا بھی ہاتھ ہو گا جو اُن کے قریب دیوار کے سہارے کھڑی ہوئی تھی۔ میں جب گھر میں داخل ہوا تھا تو ٹھاکر صاحب کسی سے بات چیت کر رہے تھے۔ چند لمحوں کے بعد وہ شخص پرنام کر کے چلا گیا تو ٹھاکر صاحب میری جانب متوجہ ہوئے۔

"انجینئر صاحب! آپ سے ملنے کا ہمارا بڑا دل کرتا تھا۔ پنڈت جی نے بتایا کہ جرمانہ واپس لینے پر آپ تیار نہیں ہیں۔ ہم نے سوچا کہ ایسے جیالے سے ملنا جروری ہے جو ٹھاکر جگراج سنگھ پر جرمانہ کرنے کی ہمت رکھتا ہے!" ٹھاکر صاحب بول رہے تھے اور میرے حواس ایک ایک کر کے میرا ساتھ چھوڑ رہے تھے۔ "بھلا آپ نے جرمانہ کیوں واپس نہیں لیا، صاحب!"

میں نے مرگھلّی آواز میں اپنے تئیں بہت اچھا جواب دیا؛"ٹھاکر صاحب! جرمانہ واپس لینے میں میری بڑی بے عزتی ہوتی۔ جیسے آپ کی عزت ہے ویسے ہی میری بھی ہے۔اور تو کوئی وجہ نہیں تھی۔"

"ہاں، اجّت کی بات تو ٹھیک ہے! ویسے بھی آپ نئے ہیں۔اس بار تو کھیر کوئی بات نہیں ہے، مگر آگے جرا کھیال رکھئے گا۔" انہوں نے کہا۔

میں نے تیزی سے سر ہلا کر انہیں یقین دلانے کی کوشش کی کہ آئندہ ایسے غلطی کا میرا کوئی ارادہ نہیں تھا! دراصل گردن یوں ہلانی پڑی کہ حلق نے خشک ہو کر ساتھ دینے سے بالکل ہی انکار کر دیا تھا! ٹھاکر صاحب نے پاس بیٹھے ایک آدمی کو آنکھ سے کچھ اشارہ کیا اور وہ اُٹھ کر دوسری جانب کے برآمدہ سے ہو کر ایک دروازہ میں داخل ہو گیا جو شاید کسی کمرہ میں کھلتا تھا۔ تھوڑی دیر میں وہ ہاتھوں پر تھال لے کر واپس آیا اور قریب پڑی میز پر نمکین، چائے اور مٹھائی سجانے لگا۔پنڈت جی بھی اُٹھ کر اُس کا ہاتھ بٹانے لگے۔

ٹھاکر صاحب پھر میری جانب متوجہ ہوئے: "تو صاحب! آپ کہاں کے رہنے والے ہیں۔ کچھ اپنا حال چال بتائیں۔ پنڈت جی تو کہتے ہیں کہ آپ رشوت وشوت بھی نہیں لیتے ہیں! ایسا ہی سادھو مُنی بننا تھا تو کاہے کو پی ڈبلو ڈی میں نوکری کی؟ اب ہمارا آپ کا کام کیسے چلے گا؟" ٹھاکر صاحب مسکرا کر بولے۔

"جی ٹھاکر. صاحب! میں علی گڑھ کا ہوں۔ابھی ابھی نوکری کی ہے۔ کہیں تو نوکری کرنی ہی تھی مگر یہ معلوم نہیں تھا کہ پی ڈبلو ڈی میں ایسا اندھیر ہے۔ مجھ سے یہ نوکری ہونی مشکل ہے۔ڈھونڈ رہا ہوں۔ جیسے ہی کہیں اور نوکری مل جائے گی یہاں سے چلا جاؤں گا۔

"ٹھاکر صاحب کی مسکراہٹ اور لہجہ کی نرمی نے میری زبان ڈھیلی کر دی تھی!

ٹھاکر صاحب حیرت سے بولے:"ایں! پی ڈبلو ڈی کی نوکری چھوڑ دیں گے آپ؟ کیا

گھاس کھا گئے ہیں صاحب ؟ لوگ تو اس نوکری کے لئے مرے جاتے ہیں اور آپ چھوڑ رہے ہیں ! ہے رام ! سچ ہے کہ اب کل یگ آگیا ہے ! انجینئر لوگ بھی ایمانداری کی بات کرنے لگے ہیں !" ان کی بات میں مذاق کا رنگ تھا۔ سب لوگ اس پر ہنس پڑے۔

چائے تیار تھی۔ ٹھاکر صاحب کے اشارہ پر سب لوگ نمکین، مٹھائی اور چائے سے شغل کر رہے تھے۔ میں نے چائے کا گھونٹ لے کے ٹھاکر صاحب کی طرف برفی کی تھالی بڑھاتے ہوئے کہا: " ٹھاکر صاحب ! کیا کروں، ماں باپ نے بچپن سے ایسا ہی سکھایا ہے۔ یہ دن رات کی دھاندلی مجھ سے نہیں ہو سکے گی۔ میرے بعد جو انجینئر یہاں آئے گا اس سے شاید آپ کو کوئی شکایت نہیں ہو گی۔"

ٹھاکر صاحب میری بے تکی باتیں سن کر معلوم نہیں کس سوچ میں ڈوبے میری جانب غور سے دیکھ رہے تھے۔ انہوں نے نیم کے پیڑ کے پاس بیٹھے شخص کی طرف دیکھ کر آواز لگائی: رام بھلاون ! جرا انجینئر صاحب کے لئے ٹھنڈائی تولا !"

رام بھلاون چند لمحوں میں شیشہ کے گلاس میں ٹھنڈائی لے کر حاضر ہو گیا اور میرے سامنے گلاس رکھ کر ایک طرف کھڑا ہو گیا جیسے میرے ٹھنڈائی پینے کا تماشہ دیکھنے کا منتظر ہو۔ میں نے ٹھاکر صاحب سے عرض کی: " معاف کیجئے گا ٹھاکر صاحب ! میں بھانگ نہیں پیتا ہوں۔ مجھے یہ شوق نہیں ہے۔"

ٹھاکر صاحب کے چہرہ سے حیرت کے ساتھ افسوس بھی ظاہر ہو رہا تھا۔ انہوں نے ایسا بے فیض آدمی آج سے پہلے شاید کبھی نہیں دیکھا تھا۔

" ٹھنڈائی نہیں پیتے صاحب ؟ یہ تو عجیب سی بات ہوئی ! اچھا ولایتی شراب منگا دیں، وہ تو پی لیں گے ؟"

" ٹھاکر صاحب ! میں دیسی، ولایتی کسی قسم کی شراب نہیں پیتا ہوں۔ مجھے معاف

کیجئے اور آپ پریشانی نہیں اُٹھائیے۔"

"ارے رام رام! انجینئر صاحب! اس میں پریشانی کی کوئی بات نہیں ہے۔ پر یہ تو بڑی مشکل ہو گئی۔ ٹھنڈائی آپ نہیں پیتے، رشوت بھی نہیں لیتے، شراب کا شوک بھی نہیں ہے۔ جرور جُوا بھی نہیں کھیلتے ہوں گے! صاحب پھر آپ جندگی میں مجے لئے کرتے کیا ہیں؟" ٹھاکر صاحب نے بڑی ہمدردی سے میری جانب دیکھ کر کہا۔

ابھی میں اس بے ڈھب سوال کا جواب سوچ ہی رہا تھا کہ پنڈت بینی پرساد بول اُٹھے: "ٹھاکر صاحب! لچھمی پوجا کا سمے کھتم ہو رہا ہے۔ اس کو پہلے کر لیں۔"

ہم لوگ ٹھاکر صاحب کے پیچھے پیچھے برآمدہ کے دوسرے سِرے پر گئے جہاں صندل کی خوبصورت چوکی پر سُرخ کارچوبی کپڑوں سے سجی ہوئی، سر پر سنہرا مکٹ لگائے اور ہاتھوں کو آشیرواد کے انداز میں اٹھائے لچھمی دیوی کی مسکراتی ہوئی مورتی براجمان تھی۔ چوکی پھولوں سے آراستہ تھی اور دیوی جی کے چرنوں کے پاس ایک ناریل اور ایک پیتل کی خوبصورت سی گھنٹی رکھی ہوئی تھی۔ ایک طرف اگر بتّی جل کر فضا کو معطر کر رہی تھی۔ سب لوگ مورتی کے سامنے بچھی دری پر ادب سے بیٹھ گئے۔

پنڈت جی نے مورتی کے مقابل بیٹھ کر گھنٹی بجائی اور چند اشلوک پڑھ کر مورتی کے ماتھے پر تلک لگایا اور جھک کر اپنا ماتھا اس کے سامنے زمین پر ٹیک دیا۔ پھر گیندے کے ہاروں سے بھری ٹوکری سے ایک ہار نکال کر دیوی جی کو پہنا دیا، جیب سے سو روپے کا نوٹ نکال کر اس کے چرنوں کی بھینٹ چڑھایا اور ہاتھ جوڑ کر پرنام کرتے ہوئے پیچھے ہٹ گئے۔ پھر باری باری سب نے بڑھ کر دیوی جی کو ہار پہنائے، بھینٹ دی اور پرنام کیا۔ دیکھتے دیکھتے دیوی جی کی گردن ہاروں سے بھر گئی اور چرنوں میں روپوں کا ڈھیر لگ گیا۔ پنڈت جی نے تھالی میں ایک چاندی کا دیا رکھ کر مورتی کی آرتی اتاری اور سب پجاری

آرتی اور پرساد سے فیض یاب ہو کر صحن میں واپسا گئے۔ ایک میں ہی تھا جس نے اس پوجا میں کوئی حصہ نہیں لیا مگر پوجا کی سادگی اور پجاریوں کے خلوص اور عقیدت سے متاثر ہوئے بغیر رہ نہیں سکا تھا۔

۔(۴)۔

ٹھاکر صاحب مونڈھے پر بیٹھے تو چہرہ سے پوجا کا سکون ظاہر تھا۔ انہیں نے چند منٹ کے بعد رام بھلاون سے کہا:

"رام بھلاون، اب انجینئر صاحب کے لئے چھمی دیوی کا کھاس آشیر واد لے آؤ۔ دیر ہوئی جاتی ہے۔"

ان کے حکم کی تعمیل میں رام بھلاون برآمدہ سے گزر کر کمرہ میں چلا گیا۔ ٹھاکر صاحب نے مٹھائی کی جانب اشارہ کیا: "لیجئے صاحب منھ تو میٹھا کر لیجئے۔ آپ نے تو پرساد بھی نہیں چکھا۔"

میں برفی کا ٹکڑا ابھی منھ میں رکھ بھی نہیں پایا تھا کہ چوڑیوں کی کھنک نے چونکا دیا۔ رام بھلاون واپس آچکا تھا۔ اس کے ساتھ کھڑے ہوئے دیوی جی کے آشیر واد کو میں نے نظریں اٹھا کر دیکھا تو دیکھتا ہی رہ گیا!

تیکھا ناک نقشہ، چمپئی رنگ، ہلکی گلابی ساری میں ملبوس بھرا بھرا بدن، ہاتھ کہنیوں تک چوڑیوں سے بھرے ہوئے، سر جھکائے اور بڑی بڑی غلافی آنکھوں میں آنسوؤں کا طوفان لئے، وہ سترہ اٹھارہ برس کی لڑکی سارے بدن سے تھر تھر کانپ رہی تھی۔ چہرہ شرم، خوف اور پسینہ سے تمتمار ہا تھا اور ہونٹ بری طرح لرز رہے تھے۔ میں نے گھبرا کر ٹھاکر صاحب کی طرف دیکھا جو مسکراتے ہوئے میری بدحواسی کا تماشہ دیکھ رہے تھے۔

"انجینئر صاحب! یہ آپ کے لئے کھاس انتجام کیا ہے ہم نے۔ ہم کو جیالے لوگ

بہت پسند ہیں۔ آپ کو اور کوئی شوک نہیں ہے۔ کیا لکچھمی دیوی کے اس دان کو بھی ٹھکرا دیں گے؟" انہوں نے بڑے ہی گمبھیر لہجہ میں کہا۔

"جی ٹھاکر صاحب کیا مطلب ہے آپ کا؟ یہ لڑکی یہاں کیا کر رہی ہے؟" میں نے بڑی مشکل سے کانپتی آواز میں کہا۔

"یہ ہماری طرپھ سے آپ کو بھینٹ ہے۔ جب تک چاہے رکھیں اور آپ کہیں تو یہیں کمرہ کا انتجام کر دیں ہم۔" ٹھاکر صاحب نے مجھ سے کہا۔

"کیا کہہ رہے ہیں آپ ٹھاکر صاحب؟ مجھ سے یہ آپ کیا کرنے کو کہہ رہے ہیں؟" میں نے ہکلاتے ہوئے پوچھا۔

"کیوں کیا ہو گیا صاحب؟ کیا جندگی میں کوئی مجا لیئے بِنا ہی مر جانے کا ارادہ ہے؟ ٹھاکر جگراج سنگھ ہر ایک کے ساتھ یہ بیوہار نہیں کرتے ہیں۔ سوچ سمجھ کر اس بھینٹ کو ٹھکرانا صاحب! ہماری اِجّت کا سوال ہے!" اب ان کے لہجہ کی سنجیدگی بڑی گہری اور خوفناک ہو گئی تھی۔

میں نے لچھمی دیوی کی بھیجی ہوئی اس لڑکی کو دیکھا جس کے آنسو اس کے رخساروں سے پھسل کر اس کی ساری میں جذب ہونے پر آمادہ تھے۔ مجھے ایسا معلوم ہوا جیسے میرے اندر کوئی چیز ٹوٹ گئی ہو اور میرا دل اس لڑکی کے آنسوؤں میں گھُل کر مٹّی میں مل رہا ہو۔

"ٹھاکر صاحب! آپ کو اپنی عزت کا خیال ہے مگر اس معصوم لڑکی کی عزت کا کون رکھوالا ہے؟" میری آواز جذبات کی شدت سے کانپ رہی تھی۔ "اور میری عزت، میرے ماں باپ کی عزت کا کسے خیال ہے؟ آپ مجھ سے جو امید رکھتے ہیں، اس کو سوچ کر ہی مجھے شرم آتی ہے۔ آپ بھی کسی ماں کے بیٹے ہیں۔ شاید آپ کی بھی کوئی بیٹی اتنی ہی

بڑی ہو گی جیسی یہ لڑکی ہے۔ مجھ کو معلوم نہیں کہ اس کو آپ کہاں سے لائے ہیں، مگر لانے سے پہلے آپ نے اس کا دکھ اور درد نہیں دیکھا کیا؟ آپ اس علاقہ کے راجہ کہلاتے ہیں اور شاید مجھ کو جان سے مروا بھی سکتے ہیں۔ مگر میں اپنے آپ کو اتنا نیچا گرانے کے لئے تیار نہیں ہوں کہ پھر خود سے بھی کبھی آنکھ نہ ملا سکوں۔۔ ٹھاکر جگراج سنگھ جی! آپ پر ایسی چھوٹی بات اچھی نہیں لگتی ہے۔"

ہی کہہ کر میں مونڈھے سے اٹھ کھڑا ہوا۔ ٹھاکر صاحب کا ایک آدمی میری طرف بڑھنے کے لئے مونڈھے سے اٹھا ہی تھا کہ اُن کے ہاتھ کے ایک اشارہ نے اسے مونڈھے پر واپس بٹھا دیا۔

"پنڈت جی! میری واپسی کا انتظام کر دیجئے۔" میں نے پنڈت جی سے کہا جن کا منھ حیرت سے کھلا کا کھلا رہ گیا تھا۔ "ٹھاکر صاحب! اب میں چلتا ہوں۔ نمستے!"

پنڈت جی نے ٹھاکر صاحب کی طرف سوالیہ نگاہوں سے دیکھا جن کے چہرہ کا رنگ کچھ کجلا سا گیا تھا اور جو خالی خالی نظروں سے مجھ کو دیکھے جا رہے تھے۔ پھر ان کی آواز نے سب پر چھائی ہوئی بوجھل خاموشی کو توڑا۔ یا تو میرے کان ہی بج رہے تھے یا پھر واقعی ان کی آواز کچھ بھرا سی رہی تھی۔

"پنڈت جی! انجینئر صاحب کو ان کے گھر پہنچا دیجئے۔" پھر تھوڑا سا رک کر بولے: "رام بھلاون! کل صبح اس لڑکی کو اس کے گاؤں بھیج دینا۔ اب اس کو اندر لے جاؤ۔"

رام بھلاون کے پیچھے پیچھے وہ لڑکی کمرہ کے دروازہ کی جانب بڑھی۔ اچانک وہ رک کر پلٹی اور تیز تیز قدموں سے چل کر چھمی دیوی کی مورتی تک گئی۔ دیوی جی کے گلے سے گیندے کا ایک ہار اُتارا اور میرے پاس آ کر اُسے میرے قدموں ڈال دیا۔ پھر ہاتھ جوڑ کر مجھ کو روتی ہوئی آنکھوں سے پرنام کیا اور بھاگ کر سسکیاں لیتی ہوئی کمرہ کی تاریکیوں میں

گُم ہو گئی!

گیندے کا ہار ہاتھ میں لئے مکان سے باہر نکلتے ہوئے پلٹ کر میں نے جب ٹھاکر جگراج سنگھ کو آخری مرتبہ دیکھا تو وہ سر اُٹھائے معلوم نہیں نیم کی شاخوں میں کیا دیکھ رہے تھے اور بار بار پلکیں جھپکا کر اپنی آنکھوں کی اس نمی کو پی جانے کی کوشش کر رہے تھے جو جانے کیوں اک دم اُمڈ آئی تھی!

***

پال جونز کا قرض

میں پال جونز کا مسکراتا چہرہ دیوانوں کی طرح تک رہا تھا۔ میرے ماتھے کا پسینہ ٹپک کر آنکھوں میں آگیا تھا۔ کچھ اُس کے نمک سے اور کچھ غم و غصہ سے میری آنکھیں نم ہو کر جھک سی گئی تھیں۔ بدن تھر تھر کانپ رہا تھا۔ یوں محسوس ہو رہا تھا جیسے سارے جسم پر چیونٹیاں رینگ رہی ہوں اور سانس کی دھونکنی زبانِ حال سے گویا کہہ رہی تھی کہ اب چل کر پھر کبھی نہیں چلوں گی۔ میرے ہاتھ پیر بے جان ہو کر رہ گئے تھے اور دماغ بالکل ماؤف۔ ایسا لگ رہا تھا جیسے پال کا چہرہ صرف مجھ پر ہی نہیں ہنس رہا تھا بلکہ میری سات پشتوں کا مذاق اڑا رہا تھا، ان پشتوں کا جن سے میرا خمیر اٹھا تھا، جو اپنی شرافت اور نجابت پر ہمیشہ نازاں رہی تھیں۔ اس شرافت کا کچھ حصہ بہر حال میرے ورثہ میں بھی تو آیا تھا اور میں اس ورثہ پر فخر کرتا تھا، اور موقع بے موقع لوگوں پر اس کا اظہار بھی کرتا رہتا تھا۔ لوگ جانتے تھے کہ میں اپنی ذات سے بات اور وعدہ کا بڑا پابند تھا اور سچی، بے لاگ بات کہنے میں کم ہی چوکتا تھا۔ یہ بات نہیں تھی کہ میں کوئی متقی، پرہیزگار، پنج وقتہ نمازی قسم کا مسلمان تھا۔ مجھ میں بہت سے عیب تھے مگر لوگوں سے معاملات میں اپنے کھرے پن کے لئے بدنام بھی تھا۔ اور آج یہ دو کوڑی کا عیسائی کافر پال میرا مذاق اڑا رہا تھا۔

غم و غصہ کے ساتھ ایک اور احساس میرے ذہن و دماغ کو کچوکے لگا رہا تھا کہ پال صرف مجھ پر نہیں ہنس رہا تھا بلکہ ایک پوری تہذیب، ایک روایت، ایک نظام اور ایک دین اس کے تمسخر کا نشانہ تھے۔ جس کردار کی بلندی، اخلاق کی پاکیزگی، تہذیب کی

رواداری، معاملات کی صفائی اور حسنِ سلوک کا خوبصورت نقشہ میرے ماحول، میرے استادوں اور بزرگوں اور میری کتابوں نے بڑی کاوش سے ایک طویل مدت میں میرے ذہن میں بٹھایا تھا، وہ آج چیتھڑے چیتھڑے ہو کر فضا میں بکھر گیا تھا۔ وہ دینی وقار اور احساس برتری جنہوں نے ہمیشہ میری گردن اونچی رکھی تھی، آج پال کی مسکراہٹ کے سامنے ریت کے قلعہ کی مانند اَڑا اَڑا دھم کر کے خاک نشیں ہو گئے تھے۔ میں بے کس و بے بس اُسے دیکھ رہا تھا اور پال تھا کہ میرے سامنے کھڑا برابر مسکرائے جا رہا تھا۔

-

پال جونز (Paul Jones) میرا بچپن کا دوست تھا۔ ہم دونوں کے والد جبل پور کی گن کیرج فیکٹری میں ملازم تھے اور فیکٹری کالونی کے سرکاری کوارٹر میں رہا کرتے تھے۔ وہ عیسائی تھا اور میں مسلمان، مگر بچپن ایسے اختلافات اور تعصبات سے آزاد ہوا کرتا ہے۔ چنانچہ ہم لوگ محلہ کے دوسرے ہندو، مسلمان، سِکھ اور عیسائی بچوں کے ہمراہ کھیلتے ، کودتے، لڑتے، جھگڑتے بڑے ہوتے رہے۔ ہر اتوار کو پال اپنے ماں باپ کے سات چرچ جایا کرتا تھا اور واپس آکر اپنے پادری فادر جان کو برا بھلا کہتا کہ: "یار! بڑا بور کرتا ہے۔ اتنی دیر بولتا ہے کہ نیند آنے لگتی ہے۔ پھر سالے کی بات بھی اپنے پلے نہیں پڑتی ہے۔" اُدھر میں جمعہ کو مسجد نماز پڑھنے چلا جاتا تھا۔ ہر اتوار کی صبح جب مولوی سمیع اللہ قرآن پڑھانے آتے تو مارے باندھے بیٹھ تو جاتا مگر سارے وقت دل کھیل میں پڑا رہتا تھا۔

کچھ دنوں میں ہم دونوں نے ہائی اسکول پاس کر لیا تھا اور رابرٹسن کالج میں داخلہ لے لیا تھا۔ جیسے تیسے پال تھرڈ ڈویژن میں بی اے کر کے فیکٹری میں ملازم ہو گیا تھا اور میں ایم اے کی تعلیم میں مشغول ہو گیا تھا۔ مگر ہمارا یارانہ ہر حال میں قائم رہا۔ ہر دوسری تیسری شام وہ میرے گھر آجاتا یا میں اس کے گھر چلا جاتا۔ سامنے کے ہوٹل میں دوسرے

دوستوں کے ساتھ بیٹھ کر چائے اور برفی کا دور چلتا، تاش اور شطرنج کی بازیاں جمتیں یا پھر دونوں سائیکل داب کر سینما دیکھنے شہر چل دیتے جو ہماری کالونی سے تین چار میل کے فاصلہ پر تھا۔ تقریباً ہر اتوار دونوں ساتھ گزارتے، دن میں تفریح اور شام والی بال! کیا مزے کی زندگی تھی!

ایک شام پال نے میرے گھر کی کنڈی کھٹکھٹا کر آواز دی۔ میں باہر نکلا تو دیکھا کہ خلاف معمول وہ اداس صورت لئے سر جھکائے کھڑا تھا۔ علیک سلیک بھی مرے مرے انداز سے کی۔ میں نے ہاتھ ملا کر اس سے پوچھا: "کیوں یار! کیا بات ہے؟ یہ رونی صورت کیوں بنا رکھی ہے؟"

"کیا کہوں، عجیب مشکل میں پھنس گیا ہوں۔ کسی اور سے کہنے کی ہمت نہیں ہوئی۔ تمہارے پاس آ گیا کہ شاید کام بن جائے۔"

میں نے پوچھا: "ایسی کون سی مشکل آ پڑی ہے؟ کچھ معلوم تو ہو۔ اگر کچھ کر سکا تو ضرور کروں گا۔"

اس نے کہا: "یار کیا بتاؤں۔ پرسوں تک مجھ کو دو ہزار روپے کی سخت ضرورت ہے۔ معاملہ ٹیڑھا ہے اور ٹلنے کا کوئی سوال نہیں ہے۔ کہیں سے انتظام کر دو۔ اپنی قسم، بس دو ماہ میں واپس کر دوں گا۔"

"دو ہزار روپے؟ کچھ سنک گئے ہو کیا؟ بھلا دو ہزار روپے میرے پاس کہاں ہیں؟ ابّا فیکٹری میں ملازم ہیں۔ تمہیں سب خبر ہے۔ بھلا یہ رقم کہاں سے ملے گی؟"

بات سچ تھی۔ پال چند لمحہ خاموش رہا۔ پھر وہ دیر تک اپنی شدید ضرورت کا ذکر کرتا رہا۔ میں بھی اپنے جگری دوست کی مدد کرنی چاہتا تھا۔ چنانچہ اس وعدہ پر رخصت لی کہ دوسرے دن انتظام کرنے کی کوشش کروں گا۔

دوسرے دن بھی انتظام تو کیا کرتا، چند دوستوں سے اپنی فرضی ضروریات کا ذکر کر کے سو سو، دو دو سو روپے لئے۔ کچھ اپنی ماں سے لئے اور کچھ اپنی جیب سے نکالے۔ غرض کہ شام تک روپوں کا انتظام کر کے پال کے گھر گیا۔ اس کی خوشی کا کوئی ٹھکانہ نہیں تھا۔ بار بار آنسو بھری آنکھوں سے روپے دیکھتا اور کہتا:

"یار تمہارا یہ احسان کبھی نہیں بھولوں گا۔ بہت بڑا کام ہو گیا آج۔ اپنی قسم! بس دو ماہ میں پیسے واپس کر دوں گا۔"

اور اُدھر میں دل ہی دل میں خوش تھا کہ چلو آج دوست کے کسی کام تو آیا۔

پھر یوں ہوا کہ وہ دو ماہ پھیل کر چار اور چھ ہو گئے، یہاں تک کہ سارا سال گزر گیا مگر پال کی قسم پوری نہیں ہوئی۔ اس مدت میں دوستوں کو کسی طرح بھرا اور ان کا قرض مختلف حیلوں سے ادا کیا۔ ماں سے تو کیا لینا دینا تھا۔ اس غریب نے تو بھول کر بھی کبھی ذکر نہیں کیا۔ البتہ پال سے کتنی ہی مرتبہ دبے الفاظ میں قرض کی ادائیگی کا ذکر کیا، اپنی ضرورت بھی ظاہر کی اور بعض مرتبہ جھلّا کر صاف صاف الفاظ میں روپے مانگے۔ لیکن وہ ظالم ہمیشہ کنّی کاٹ گیا۔ کبھی مسکرا کر سُنی اَن سُنی کر دیتا، کبھی اپنی مجبوری کا رونا رو کر مزید مہلت مانگ لیتا اور کبھی ہنس کر مذاق میں بات ٹال دیتا: "یار تم نے تو حد کر دی! ارے میں روپے لے کر کہیں بھاگ جاؤں گا کیا؟ ذرا سا اور صبر کرو۔ آج کل ہاتھ ذرا تنگ ہے۔"

وقت کے ساتھ میرا یہ احساس بڑھتا گیا کہ پال ہماری دوستی کا ناجائز فائدہ اٹھا رہا تھا اور اس کے جھوٹے وعدے ہر لمحہ ہمارے تعلقات کے شیشہ میں نہ جانے کتنے بال ڈالتے جا رہے تھے۔ مگر اب ہو بھی کیا سکتا تھا۔ جوں جوں وقت گزر رہا تھا پال کا رویہ بھی بدل رہا تھا۔ اب وہ بعض اوقات مجھے آتا دیکھتا تو دور سے ہی کترا کر نکل جانے کی کوشش کرتا۔ شطرنج اور تاش کی بازیوں میں پہلی سی گرم جوشی نہیں رہ گئی تھی اور ہر وقت کی بیٹھک

اب گنڈہ دار ہو کر رہ گئی تھی۔

ایک دن یوں ہی خیال آیا کہ کیوں نہ فادر جان سے ذکر کروں۔ آخر پال ان کے چرچ کا ممبر تھا۔ ممکن تھا کہ ان کے بیچ میں پڑ کر سفارش کرنے سے مسئلہ حل ہو جائے۔ یوں بھی فادر جان اپنی خوش خلقی اور انسان دوستی کے لئے مشہور تھے۔ میں دوسرے دن ہی فادر جان کے پاس پہنچ گیا۔ وہ چرچ میں اپنے دفتر کے باہر لان میں ٹہل رہے تھے۔ بڑی محبت سے ملے۔ میں نے اپنے آنے کا مقصد بتایا۔ پال کی وعدہ خلافی کا رونا رویا اور ان سے سفارش کی درخواست کی۔ وہ میری رام کہانی غور سے سنتے رہے۔ ان کی آنکھوں میں نہ معلوم کیوں مجھے ہمدردی کی روشنی کے ساتھ غم و غصہ کی کجلاہٹ اور چہرہ پر دل برداشتگی کی جھلک نظر آئی جیسے پال کا رویہ انہیں بہت ناگوار گزرا ہو۔

وہ چند لمحہ سوچتے رہے اور پھر بولے: "اچھا! آپ ایک منٹ ٹھیرئے۔ میں ابھی آتا ہوں۔" یہ کہہ کر وہ اپنے کمرہ میں چلے گئے اور تھوڑی دیر میں ایک لفافہ تھامے بر آمد ہوئے۔ انہوں نے لفافہ میری جانب بڑھاتے ہوئے کہا:

"یہ لفافہ آپ پال کو دے دیجئے گا۔ مجھ کو یقین ہے کہ وہ آپ کا قرض جلد ہی ادا کر دے گا۔"

میں نے لفافہ لے کر فادر جانکا شکریہ ادا کیا اور ہاتھ ملا کر رخصت ہوا۔ وقت ضائع کرنے کا بھلا کیا سوال تھا۔ سیدھا پال کے گھر پہنچا۔ میری آواز پر وہ باہر نکل کر آیا

اور یوں ہی سی علیک سلیک کے بعد میری جانب سوالیہ نظروں سے دیکھنے لگا۔

میں نے لفافہ اس کو دیتے ہوئے کہا: "یہ لفافہ فادر جاننے تمہیں بھیجا ہے۔"

پال نے لفافہ پھاڑ کر رقعہ نکالا۔ مجھے یوں محسوس ہوا جیسے پرچہ پڑھ کر اس کے چہرہ پر ایک غبار سا گزر گیا۔ اس نے اشارہ سے مجھ کو رکنے کو کہا اور خود پلٹ کر گھر میں داخل

ہو گیا۔ چند منٹ میں وہ واپس آیا تو ہاتھ میں ستلی سے بندھا ہوا نوٹوں کا ایک بنڈل تھا۔ اس نے روپے میرے ہاتھ میں دیتے ہوئے کہا: "یار! مجھے معاف کرنا۔ تمہارے روپے واپس کرنے میں بڑی دیر ہو گئی۔ میں بڑا شرمندہ ہوں۔ لو یہ رہے تمہارے دو ہزار!"

میں اس کایا پلٹ سے ہکا بکا رہ گیا تھا۔ کبھی اُسے دیکھتا اور کبھی روپوں کو۔ جو کام ہماری عمر بھر کی دوستی اور بعد کی دل برائی نہیں کر سکی تھی وہ فادر جان کے ایک رقعہ نے کر دیا تھا۔ میں نے خوشی اور حیرت کے ملے جلے جذبات میں پال سے پوچھا: "پال! یہ کیا بات ہوئی؟ آخر فادر جان نے تمہیں ایسی کیا بات لکھی کہ تم نے اسے دیکھتے ہی قرض اتار دیا؟"

پال نے میری جانب عجیب گمبھیر نگاہوں سے دیکھا اور رقعہ میری جانب بڑھاتے ہوئے مسکرا کر بولا: "میں کیا بتاؤں۔ تم خود ہی پرچہ پڑھ لو۔"

میں نے پرچہ اس کے ہاتھ سے لیا۔ چھوٹے سے سفید کاغذ پر فادر جان کے ہاتھ کی ایک سطر لکھی ہوئی تھی:

"بھائی پال! تم مسلمان کب سے ہو گئے ہو؟"

* * *

ننانوے سال کا پھیر

حافظ حاجی مفتی صدر الدین صاحب کا چہرہ اس وقت غیظ و غضب سے تمتما رہا تھا۔ آنکھیں سُرخ ہو رہی تھیں اور پیشانی پسینہ کے نور سے چمک رہی تھی۔ فتاوی ہندیہ کی موٹی جلد ان کے ہاتھ میں جکڑ کر رہ گئی تھی اور ان کے بدن کی کپکپاہٹ کے ساتھ ان کی سفید نورانی داڑھی بھی ہلکوریاں کھا رہی تھی۔ اگر رمضان کا مبارک مہینہ نہ ہوتا اور مفتی صاحب کو اپنے روزے کا پاس نہ ہوتا تو معلوم نہیں ثناء اللہ پر اس غصہ کی بجلی کس طرح گرتی اور ان کا کیا حشر بناتی۔

تخت کے کونے پر شیخ قدرت اللہ سر جھکائے ہراساں بیٹھے تھے اور اس غیر متوقع صورت حال سے نمٹنے کے لئے ان کا کاروباری دماغ تیزی سے گردش کر رہا تھا۔ ادھر ان کی بہن دلشاد بیگم شیخ صاحب کی اوٹ میں سر نیوڑھائے، کالے برقعہ کے کانے گھونگھٹ سے گھبرا گھبرا کر سب کو دیکھ رہی تھی۔ اس کا بس نہیں چلتا تھا کہ زمین پھٹ جائے اور وہاس میں سما جائے۔ اسے رہ رہ کر ان مردوں پر غصہ آ رہا تھا جو ہر بات میں جھگڑے کا پہلو نکال لیتے تھے اور خواہ مخواہ بحث میں الجھنا ضروری سمجھتے تھے۔ وہ ایسی دنیا سے بیزار تھی جس کا ہر قانون مردوں نے اپنی طاقت کے زعم میں خود اپنے حق میں ڈھال لیا تھا اور اپنی خود ساختہ برتری پر نازاں بھی تھے۔

دوسری جانب چودھری کریم احمد سٹپٹائے سے نظر آ رہے تھے۔ چودھری صاحب کچھ اپنی چودھراہٹ کے زعم میں اور کچھ دوسروں کے پھٹے میں ٹانگ اڑانے کی اپنی پرانی

عادت سے مجبور ہو کر شیخ صاحب کے ساتھ چلے آئے تھے اور اب پریشان نظروں سے آنکھیں پھاڑ پھاڑ کر کبھی مفتی صاحب کو اور کبھی ثناء اللہ کو دیکھ رہے تھے جو اس ہنگامہ کا باعث تھے۔ ایک طرف منشی کفیل احمد بھونچکا سے بیٹھے شاید دل ہی دل میں "جل تو جلال تو، آئی بلا کو ٹال تو" کا وظیفہ پڑھ رہے تھے۔ ایک ثناء اللہ ہی تھے جو ایسے اطمینان سے مفتی صاحب کی سرخ آنکھوں میں آنکھیں ڈالے بیٹھے تھے جیسے کوئی بات ہی نہیں ہوئی ہے۔

معلوم نہیں شیخ قدرت اللہ کس جھونک میں ثناء اللہ کو اس مہم میں بطور کمک لیتے آئے تھے۔ سب لوگ ثناء اللہ کی کھردری طبیعت سے واقف تھے۔ وہ سارے زمانے میں منہ پھٹ مشہور تھے۔ کچھ کہنے پر آتے تو بے جھجک اور بلا لحاظ بولتے تھے۔ بات بولنے سے پہلے تولنے کے تصور سے ثناء اللہ مطلق نا آشنا تھے اور لوگ ان سے مشورہ کرتے ہوئے ڈرتے تھے۔ شاید آج شیخ صاحب کی مت ماری گئی تھی جو انہیں ساتھ لے آئے تھے، اور اپنی اس حماقت کا خمیازہ بقول ثناء اللہ "تھوک کے حساب سے" بھگتتے نظر آتے تھے۔

مفتی صاحب اگر غصہ میں تھے تو کوئی حیرت کی بات نہیں تھی بلکہ اگر غصہ نہ کرتے تو حیرت کا مقام ہوتا۔ ثناء اللہ نے بات ہی ایسی کہی تھی کہ منشی جیسبھی ایک لمحہ کو چونک گئے تھے جب کہ مدت سے افیم کا مستقل ہلکا نشہ ان کے اس طرح چونک جانے میں مانع تھا۔ بڑی مشکل سے مفتی صدرالدین صاحب نے اپنے ہونٹوں کی لرزش پر قابو پاتے ہوئے، غصہ سے پھٹی پھٹی آواز میں ثناء اللہ کی مزاج پرسی کی:

"یہ آپ نے کیا نامعقول بات کہی؟ میں گھاس کھا گیا ہوں؟ آخر بات کرنے کا کوئی طریقہ ہوا کرتا ہے۔ کیا آپ نے تمیز سے بات کرنے کا سلیقہ کبھی نہیں سیکھا کہ جو منہ میں آتا ہے بے دھڑک کہہ دیتے ہیں؟ آدمی کو کچھ تو اللہ کا خوف اور دوسروں کی عزت کا

خیال ہونا چاہئے کہ ایسی باتوں سے پرہیز کرے۔ میں گھاس کھایا ہوا نظر آتا ہوں آپ کو؟ لاحول ولا قوۃ۔"

ساری محفل اس تقریر کو سن کر گم سم تھی اور شیخ قدرت اللہ خواہ مخواہ شرمندہ ہو کر دری کو انگلی سے کریدے چلے جا رہے تھے۔ مگر کیا مجال جو ثناء اللہ پر کوئی اثر ہوا ہو! وہ ایسی آسامی نہیں تھے جو کسی کی بزرگی یا علمیت سے مرعوب ہو جاتے۔ پھر "مُلّاٹوں" سے تو وہ اور بھی بد ظن رہا کرتے تھے۔ ان کا کہنا تھا کہ: "سب مُلّاٹے فراڈ ہیں اور جاہل لوگوں کو بے وقوف بنا کر اپنے پیسے سیدھے کرتے ہیں!" وہ یوں تو شاید مفتی صاحب کی بات سنی ان سنی کر دیتے لیکن اپنی معقولیت پر حملہ کا جواب انہیں ضروری معلوم ہوا۔

ثناء اللہ نے قصداً چبا چبا کر عرض کی: "مولی ساب! اگر بات معقول ہو تو جواب بھی اس کا سیدھا اور معقول ہو۔ جب آپ باتیں ایسی کریں گے تو پھر جواب بھی ویسا ہی ملے گا! آپ خود ہی سوچئے کہ بھلا یہ نناوے سال والی بات عقل میں آتی ہے؟ کوئی تُک ہے اس کی؟"

مفتی صاحب نے اپنی جلالی آواز میں جواب دیا: "اگر آپ کی عقل میں نہیں آتی ہی تو پھر آپ کی عقل ہی ناقص ہے۔ یہ شریعت کا معاملہ ہے اور اس میں چون وچرا کی نہ اجازت ہے اور نہ کوئی گنجائش۔ بھلا انسان کا اللہ کے قانون میں کیا دخل؟ بہر حال حنفی فقہ کا یہی فیصلہ ہے۔ آپ کون سے جید عالم ہیں جو کسی معاملہ میں اپنی رائے رکھیں گے!"

ثناء اللہ نے جواب دیا: "مولی ساب! میں عالمِ دین تو نہیں ہوں مگر عقل تو رکھتا ہوں! پھر آپ جو فتویٰ وہ کسی شخص کی رائے ہی تو ہے، قرآن یا حدیث تو نہیں ہے کہ اس پر کچھ کہنے کی گنجائش نہ ہو۔ میری سمجھ میں نہیں آتا کہ آپ ایسی واہیات بات قبول کیسے کر سکتے ہیں!"

مفتی صدرالدین صاحب ابھی اس بے ڈھب حملہ کا جواب دینے ہی والے تھے کہ شیخ قدرت اللہ نے جھٹ جیب سے سو روپے کا نوٹ نکال کر دونوں ہاتھوں کی طشتری میں ان کی جانب بڑھا دیا:

"حافظ صاحب! ہماری جانب سے یہ نذرانہ قبول کیجیے۔ بڑا وقت لیا آپ کا ہم نے۔"

چودھری صاحب تو پر تول ہی رہے تھے۔ کھٹ سے تخت سے اتر کر جوتیاں پیروں میں ڈالنے لگے۔ دلشاد بیگم بھی مسافر کی گٹھری کی طرح اٹھ بیٹھی۔ منشی جی اور ثناء اللہ بھی محفل کا یہ رنگ دیکھ کر تخت سے اتر آئے اور سب لوگ مفتی صاحب کی بیٹھک سے باہر نکل کر سڑک پر اگئے۔ شیخ قدرت اللہ کے چہرہ سے کبیدگی ظاہر ہو رہی تھی۔ وہ ثناء اللہ کی طرف برابر کڑوی نگاہوں سے دیکھے جا رہے تھے۔ آخر نہ رہا گیا اور بول ہی تو پڑے:

"بھائی ثناء اللہ! کسی وقت تو اپنی حرکت سے باز آجایا کرو۔ نہ وقت دیکھتے ہو اور نہ آدمی پہچانتے ہو، پھٹ سے اوٹ پٹانگ کہہ جاتے ہو۔ بھلا حافظ صاحب سے بحث کا یہ کون سا موقع تھا؟"

ثناء اللہ نے اپنی مخصوص طنزیہ مسکراہٹ کی اوٹ سے جواب دیا: "یار! تم نے مولی ساب کی بات سنی کہ نہیں؟ کون اُلّو کا پٹھا نناوے سال بات مانے گا؟ تم ہی کہو اس سے زیادہ واہیات بات کوئی کہہ سکتا ہے؟"

چودھری صاحب نے مناسب جانا کہ اس نئی آگ پر ٹھنڈا پانی ڈالا جائے: "چھوڑیں بھائی، چھوڑیں! یہ کہئے کہ اب کیا ہو؟ مفتی صاحب نے تو حَنفی فیصلہ سنا کر سب دروازے بند کر دئے۔ میں تو سمجھتا ہوں کہ اب سوائے صبر اور کوئی چارہ نہیں ہے!"

شیخ صاحب نے دلشاد کی جانب دیکھ کر بڑی درد بھری آواز میں کہا: "چودھری

صاحب ٹھیک ہی کہتے ہیں۔ اللہ کی مرضی میں انسان کا کیا دخل؟ بھلا اب ہم کر بھی کیا سکتے ہیں؟"

ثناء اللہ بِھنّا ہی تو گیا: "لاحولَ وَلا قوۃ! عجیب ہیں آپ لوگ بھی! ایک کٹھ مُلانے الٹی سیدھی بات کہہ دی اور آپ لوگوں نے ہاتھ پیر ڈال دیۓ! شیخ صاحب! آپ کیسے بھائی ہیں کہ بہن کا درد دل میں نہیں ہے؟ چلیۓ، چل کر سرائے رحمن کی مسجد کے امام صاحب سے بات کرتے ہیں۔ دیکھیں تو وہ کیا کہتے ہیں۔ وہ شافعی ہیں۔ ممکن ہے کہ مسئلہ کا کوئی حل سجھادیں!"

شیخ صاحب کچھ ان کے غصہ سے گھبرا کر اور کچھ اپنی کاروباری ذہنیت سے مجبور ہو کر راضی ہو گئے اور یہ قافلہ بقول ثناء اللہ "باجماعت" سرائے رحمن کی جانب چل دیا۔

--

میں شام دفتر سے گھر پہنچا تو بیگم ڈرائنگ روم میں کسی صاحبہ سے خوش گپیوں میں مصروف تھیں۔ مجھ کو دیکھ کر دونوں خاموش ہو گئیں اور جب میں کپڑے بدل کر اور منہ ہاتھ دھو کر چائے کی میز پر آیا تو وہ صاحبہ رخصت ہو چکی تھیں مگر بیگم کچھ سوچ میں ڈوبی نظر آرہی تھیں۔ چائے کی میز پر بیٹھا تو میں نے موقع غنیمت جان کر پوچھا:

"کیا بات ہے بھئ؟ آج بڑی کھوئی کھوئی سی نظر آرہی ہو۔

بیگم نے پیشانی پر بل ڈال کر جواب دیا: "اے کھوئی ووئی تو خاک نہیں ہوں۔ کم بخت بات ہی ایسی ہے۔ ابھی منشی جی کی بیوی جو آئی تھیں نا تو وہ عجیب خبر لائی ہیں۔"

میں نے چائے کا گھونٹ لیتے ہوئے رسماً پوچھا: "کیوں کیا عجیب خبر ہے؟"

"ارے! بات کیا ہوتی۔ وہی دلشاد کا قصہ ہے۔" پھر میری سوالیہ نگاہوں کے جواب میں ذرا تفصیل سے بیان جاری رکھتے ہوئے کہا: "ارے وہی شیخ قدرت اللہ کی بہن

دلشاد! نیک بخت کی اچھی خاصی شادی ہوگئی تھی۔ اللہ نے ایک بیٹی بھی دی۔ نہ معلوم اس نامراد جمیل کو کیا سوجھی کہ کاٹن مل کی لگی لگائی نوکری چھوڑ کر بمبئی کا شوق چرّایا۔ اور گیا تو پھر معلوم نہیں کہ زمین کھاگئی کہ آسمان نگل گیا۔ دس سال ہوگئے مُوا لوٹ کر ہی نہیں آیا۔ جب سے دکھیا بیٹی کو سینہ سے لگائے بیٹھی ہوئی ہے۔"

میں نے ضروری سمجھا کہ بیگم کے جذبۂ ہم دردی میں شامل ہو جاؤں۔ عدم شرکت سے چائے کا مزا کرکرا ہو جانے کا امکان تھا: "ہاں! یہ تو سب کو معلوم ہے۔ افسوس اس بات کا ہے کہ بیچاری کے ماں باپ کے مر جانے کے بعد بھابھی نے اس کے ساتھ اچھا سلوک نہیں کیا۔ شیخ صاحب خاموش رہ کر اس ظلم میں برابر کے شریک ہیں۔"

بیگم اب بھڑک سی گئی تھیں: "ظلم تو ہے ہی! ارے شیخ صاحب کی بیوی نے اس غریب کو ماما سے بدتر بنا رکھا ہے۔ دن بھر خدمت لیتی ہے۔ روکھا سوکھا کھانے کو دیتی ہے۔ اوپر سے باتیں آلگ سے سناتی ہے کہ کب تک مفت کے ٹکڑے توڑتی رہے گی؟ اب وہ نیک بخت جائے بھی تو کہاں جائے؟ شیخ صاحب ایسے زن مرید ہیں کہ سب دیکھتے ہیں اور دُم دبائے خاموش رہتے ہیں۔ آپ انہیں سمجھاتے کیوں نہیں ہیں؟"

"ارے بھئی! میرے سمجھانے سے بھلا وہ مانیں گے؟ پھر کسی کے گھریلو معاملہ میں دخل دینے کا میں قائل نہیں ہوں۔ خواہ مخواہ دِل بُرائی ہو جائے گی۔ مگر یہ قصہ تو پُرانا ہے۔ منشی جی کی بیوی گڑے مُردے کیوں اُکھاڑ رہی ہیں؟"

"اجی قصہ یہ ہے کہ منشی جی کے دوست عبد القدیر، وہی جن کی بیوی پچھلے سال فالج سے مر گئیں تھیں، اللہ اسے جنت نصیب کرے، وہ دلشاد سے شادی کرنا چاہتے ہیں اور انہوں نے منشی جی سے کہا ہے کہ شیخ صاحب تک پیام پہنچادیں۔ اب مشکل ہی ہے کہ اس کا تو شوہر دس سال سے لاپتہ ہے۔ دوسری شادی وہ کر بھی سکتی ہے کہ نہیں؟ منشی جی اور

شیخ صاحب کل مفتی صدرالدین صاحب سے ملنے جائیں گے۔ اللہ کرے کہ کوئی بات بن جائے اور غریب دلشاد کا کوئی سہارا ہو جائے۔

معاملہ تو یقیناً نازک اور پیچیدہ تھا۔ میں نے مناسب سمجھا کہ چائے اور نمک پاروں کے گمبھیر مسئلہ پر بھی تھوڑی سی توجہ اور دوں۔ بیگم بھی شاید دل کی بھڑاس نکال چکی تھیں۔ کچھ دیر میں وہ بھی باورچی خانہ کی طرف چلی گئیں اور میں نے اخبار اٹھا کر "حالاتِ حاضرہ" کے مطالعہ میں اس قضیہ کو غرق کرنے میں دیر نہیں لگائی۔

-

مسجد سرائے رحمن کے امام صاحب مولانا محمد حسین صاحب عصر کی نماز پڑھا کر مسجد سے نکل ہی رہے تھے کہ شیخ صاحب کا قافلہ وہاں پہنچ گیا۔ مولانا دھیمے دھیمے قدموں سے اپنے مکان کی طرف جا رہے تھے کہ شیخ قدرت اللہ نے بڑھ کر سلام کیا اور اپنا تعارف کرا کے ان سے چند منٹ کا وقت مانگا۔ مولانا نے سر کے اشارہ سے آگے چلنے کو کہا اور چند منٹ میں یہ لوگ اُن کی بیٹھک میں پہنچ گئے۔ دلشاد کو دیکھ کر مولانا پہلے چونکے تھے لیکن جب شیخ صاحب نے اس سے اپنے رشتہ اور معاملہ کی اہمیت کی جانب اشارہ کیا تو وہ خاموش ہو گئے تھے۔

"ہاں بھئی شیخ صاحب! کیا بات ہے؟" مولانا محمد حسین صاحب نے کمالِ لطف سے فرمایا۔

"جی مولانا! قصہ یہ ہے کہ میری بہن کا شوہر دس سال سے لاپتہ ہے۔ بمبئی ملازمت کی تلاش میں گیا تھا۔ پھر لوٹ کر نہیں آیا۔ ہزار کوشش کی لیکن کوئی پتہ نہیں چلا۔ اس کے ای گیارہ سال کی بچی بھی ہے۔ ماشاء اللہ سیانی ہو رہی ہے۔ مجھ سے جو ہو سکتا ہے بہن کے لئے کرتا ہوں۔"

دلشاد نے سر جھکا کر چہرہ بُرقعہ کی آڑ میں ذرا سا اور چھپا لیا۔ شاید وہ نہیں چاہتی تھی کہ کوئی اس کے ہونٹوں کی وہ زہریلی مسکراہٹ دیکھ لے جو شیخ صاحب کی باتیں سن کر آ گئی تھی۔ مولانا بدستور شیخ صاحب کی جانب ہمہ تن متوجہ تھے۔

شیخ صاحب نے بیان جاری رکھتے ہوئے کہا: "تو مولانا! حال ہی میں منشی جی کے دوست عبدالقدیر نے میری بہن سے نکاح کرنے کی خواہش ظاہر کی ہے۔ مسئلہ یہ آن پڑا ہے کہ اس کا شوہر تو دس سال سے لاپتہ ہے، شریعت اجازت دیتی ہے کہ نہیں؟ ہم لوگ سُنّی حنفی ہیں۔ مفتی صدرالدین صاحب کے پاس گئے تھے۔ انہوں نے فرمایا کہ حنفی فقہ کی رو سے شوہر کے لاپتہ ہو جانے پر بیوی کو ننانوے سال تک انتظار کرنا ہو گا۔ پھر وہ دوبارہ نکاح کر سکتی ہے۔ اب مولانا! آپ غور فرمائیں۔" ابھی شیخ صاحب کا بیان ختم بھی نہیں ہوا تھا کہ ثناء اللہ کی ہنسی کھی کھی نکل گئی۔ مولانا نے انہیں گھور کر دیکھا۔ پھر کچھ سوچ کر اُٹھے اور الماری سے ایک بوسیدہ سی کتاب نکال کر اس کی ورق گردانی کرنے لگے۔

بیٹھک میں ہر شخص ہوں خاموش بیٹھا ہوا تھا جیسے اس کو سانپ سونگھ گیا ہو۔ فضا بوجھل تھی اور اس خاموشی کا سینہ مولانا کے صفحات پلٹنے کی سرسراہٹ تھوڑی تھوڑی دیر بعد کاٹ دیتی تھی۔ چند منٹ بعد مولانا محمد حسین صاحب نے کتاب اپنے زانو کے پاس رکھ لی اور ایک گہری سانس لے کر شیخ صاحب کی جانب متوجہ ہوئے:

"شیخ صاحب! حنفی فقہ سے تو میں واقف نہیں ہوں۔ مفتی صدرالدین صاحب نے جو کہا ہو گا ٹھیک ہی کہا ہو گا۔ ہم شافعی مسلک کے ہیں اور ہمارے فقہ میں یہ ہے کہ شوہر اگر لاپتہ ہو جائے تو بیوی سات سال اس کا انتظار کرنے کے بعد دوسرا نکاح کر سکتی ہے۔ آپ کے بہنوئی تو دس سال سے لاپتہ ہیں۔ چنانچہ شافعی مذہب کے مطابق اس دوسرے نکاح میں کوئی قباحت نہیں ہے۔"

شیخ صاحب نے بڑی پریشانی کے لہجہ میں عرض کیا: "مگر مولانا! ہم لوگ تو حنفی ہیں۔ باپ دادا سُنّی حنفی رہے ہیں۔۔"

شیخ صاحب ابی اپنی دینی مجبوری پر نہ جانے اور کیا کہتے کہ اچانک چوڑیوں کی کھنک سُن کر چپ ہو گئے اور مُڑ کر دلشاد کی جانب دیکھا جو ایک ہاتھ سے دوپٹہ ٹھیک کر رہی تھی۔ اس نے مولانا محمد حسین صاحب کی طرف اشک آلود آنکھوں سے دیکھتے ہوئے نرم مگر صاف لہجہ میں کہا: "مولوی صاحب! میرے بھائی اور باپ دادا سُنی حنفی ہوں گے۔ میں خود آج سے شافعی ہوں۔ کیا آپ میرا نکاح پڑھا دیں گے؟"

راوی کہتا ہے کے شیخ قدرت اللہ نے اس دیدہ دلیری پر اپنی خاندانی ناک کے کٹ جانے کا بہت درد سے اعلان کیا لیکن ثناء اللہ نے دلشاد کو اپنی منھ بولی بہن بنا کر اس کا نکاح عبد القدیر سے شافعی مسلک میں کروا دیا۔ یہ بھی سنا ہے کہ ثناء اللہ اب شافعی "مُلّاٹوں" کو برا بھلا کہنے سے پرہیز کرتے ہیں!

***

ہوٹیل، موٹیل اور پٹیل

(امریکہ میں Hotel کا تلفظ ہوٹیل کیا جاتا ہے۔ موٹیل دراصل Motor-Hotel کا مخفف ہے اور سڑکوں کے کنارے بنے ہوئے ایسے ہوٹلوں کو کہتے ہیں جن کو دن بھر کے تھکے ہارے مسافر رات بسر کرنے کے لئے استعمال کرتے ہیں اور اپنی موٹر کاریں عموماً اپنے کمروں کے سامنے ہی کھڑی کرتے ہیں۔ پٹیل ہندوستان کی ریاست گجرات کی وہ تجارت پیشہ قوم ہے امریکہ میں بے شمار چھوٹے اور سستے موٹیل خرید رکھے ہیں۔ یہ موٹیل اب اس قوم کی شناخت بن چکے ہیں۔)

میں اس سنیچر کی صبح سامنے میز پر بکھری کتابوں سے سر کھپاتے کھپاتے تھک گیا تھا اور جھنجھلاہٹ میں اس وقت کو برا بھلا کہہ رہا تھا جب میں علی گڑھ کی بے فکر اور کھلی فضا چھوڑ کر امریکہ مزید تعلیم حاصل کرنے یا بقول جاگیر سنگھ "جھک مارنے" آیا تھا۔ اچانک کنارے رکھے ٹیل فون کی "ٹرن، ٹرن" بجتی گھنٹی نے میرے ذہن کی چلتی گاڑی میں اڑنگا لگا دیا۔ دھت تری کی! یہ صبح صبح کس نے فون کر مارا؟ کتابیں دیکھ دیکھ کر یہاں حواس باختہ ہو رہے ہیں، امتحان کی فکر کھائے جا رہی ہے، پروفیسر صاحب کا "کھی کھی" کرتا چہرہ بار بار نظروں کے سامنے اکر ڈرا رہا ہے اور لوگ ہیں کہ نہ وقت دیکھتے ہیں اور نہ ہی آدمی پہچانتے ہیں۔ جب جی چاہا فون اٹھایا اور نمبر ڈائل کر دیا، جیسے ہمیں زندگی میں صبح شام فضول فون کے جواب دینے کے علاوہ کوئی اور کام تھوڑی رہ گیا ہے۔ لاحول ولا قوۃ!

میں نے دل ہی دل میں بڑبڑاتے ہوئے بیزاری سے فون اٹھایا: "ہیلو! میں راز بول رہا ہوں۔"

شاید میری دلی جھنجھلاہٹ اور ذہنی کیفیت میری آواز سے ظاہر ہو رہی تھی۔ دوسری طرف سے جاگیر سنگھ کی گونجتی ہوئی آواز نے جواب دیا: "اوئے پُتّر! کی گل اے؟ تَین ایساگُسہ کیوں چڑیائے؟ کی رات نوں نیند نئیں آئی؟"

جاگیر سنگھ کا مجھ ایسے غیر پنجابی سے ایسی بے دھڑک پنجابی بولنا صاف بتارہا تھا کہ وہ تھوڑی بہت چڑھائے ہوئے ہے۔ ویسے عام طور پر وہ ہم دوستوں سے بازاری اُردو، ہندی میں ہی بولتا تھا۔ کبھی جوش میں آجاتا تو بے تحاشہ پنجابی زدہ انگریزی بولتا اور وہ بھی ایسی تیزی سے کہ الفاظ ایک دوسرے پر نادر شاہی چڑھائی کرتے سنائی دیتے اور مطلب سمجھنا مشکل ہو جاتا۔ ایسے موقعوں پر اس کا مخاطب اگر کوئی شامت کا مارا ہوا امریکن ہوتا تو اس کی انگریزی کا ترجمہ عام فہم انگریزی میں ہمیں کرنا پڑتا تھا۔ البتہ جب وہ بیئر یا وھسکی کے نشہ میں مست ہوتا تو ہمیشہ پنجابی میں بات کرتا تھا اور بیچ بیچ میں اکثر ماں، بہن کی گالیاں سجاتا جاتا تھا۔ ہاں اگر ہم اس کو ٹوک دیتے تو وہ پھر ہندوستانی پر اتر آتا تھا۔ ہر سنیچر، اتوار کو پابندی سے پیتا تھا مگر ہم نے کبھی اس کو آپے سے باہر ہوتے نہیں دیکھا تھا کہ نشہ میں بدحواس ہو کر معقول باتوں کا جواب نامعقولیت سے دے۔ اس کی مدہوشی بھی ہوش کا رنگ لیئے ہوئے رہتی تھی۔

اس کی آواز سے میرا غصہ کچھ ایسا کم نہیں ہو: "یار جاگیر! تمہیں معلوم ہے کہ پرسوں میرا امتحان ہے۔ اسی کی تیاری میں لگا ہوا ہوں۔ تمہیں اتنی صبح فون کرنے کی کیا ضرورت پڑگئی۔ ارے تم کو تو پڑھائی میں کوئی مشکل نہیں ہے مگر یہاں تو سالا دیوالہ نکلا جا رہاہے دیوالہ! ہر وقت ڈر رہتاہے کہ اب فیل ہوئے کہ جب! آخر کیوں فون کیاتم نے صبح ہی صبح؟" میں ایک ہی سانس میں بڑی سی تقریر کرگیا۔

اُدھر سے جاگیر سنگھ کی "کھی کھی کھی" نے حسب عادت پڑھنے لکھنے میں میری نا

لائقی کا جیسے اعتراف کیا۔ پھر ذرا سنبھل کر وہ سنجیدگی سے بولا:

"پُتّر! تَین کوئی دنیا دی وی کھبر اے کہ دن رات کتاباں وِچ مگج مارنا اے؟ امتحان وی ہوئی جائے گا۔ ہُنڑے پٹیل دی بیوی دا فون آیا سی۔ کھوب رو رئی سی۔ میں اودے کَر جا ریاواں۔ تو وی تیار رہ۔ میں تَینوں نال لینداجاواں گا۔"

میں نے گھبرا کر حیرت سے پوچھا: "ونود پٹیل کی بیوی کا فون آیا تھا؟ کیوں کیا ہو گیا؟ کیوں رو رہی تھی؟ ونود سے جھگڑا ہو گیا ہوگا اور کیا! یار ہم اس کے ذاتی معاملات میں کیوں پڑیں؟ کہیں لینے کے دینے نہ پڑ جائیں۔ تمھیں جانا ہے تو جاؤ۔ مجھ کو کیوں پھنسوا رہے ہو اس جنجال میں؟"

اس نے بڑی گمبھیر آواز میں جواب دیا جیسے موقع کی نزاکت نے اس کا نشہ ہلکا کرنا شروع کر دیا ہو:

"نئیں یار! ونود نال کوئی چگڑا نئیں ہویا۔ او تے پولس دی گل کر رئی سی۔ کوئی ہور ہی معاملہ لگدا اے۔ چل جاتے تکنے آں۔"

پولس کی بات کر رہی تھی؟ یہ کیا معاملہ ہے؟ میں یہی سوچ رہا تھا کہ جاگیر سنگھ نے فون رکھ دیا۔

-

جاگیر سنگھ سے میری ملاقات ایک ماہ قبل ہی ہوئی تھی۔ مجھے امریکہ آئے ہوئے ابھی صرف دو مہینے ہی ہوئے تھے۔ علی گڑھ مسلم یونیورسٹی میں کئی سال لیکچرر شپ کے بعد مزید تعلیم کا شوق مجھے یہاں کھینچ لایا تھا۔ علی گڑھ میں اپنی دانست میں پڑھنے لکھنے میں برابر محنت کرتا رہا کرتا تھا کیونکہ اس سے امریکہ جانے میں مدد ملنے کی امید تھی۔ یوں بھی مجھے تعلیم کا شوق ہمیشہ سے تھا۔ تھوڑی سی بھاگ دوڑ سے جب ایک امریکن یونیورسٹی

میں داخلہ مل گیا تھا تو میں پھولا نہیں سماتا تھا۔ بلی کے بھاگوں چھینکا ٹوٹا تھا مگر اس خوشی کا غبارہ امریکہ پہنچ کر دو چار کلاسوں کی حاضری سے ہی پٹاخ سے پھوٹ گیا تھا۔ کہاں ہندوستان کی گھسی پٹی تعلیم اور رٹ کر امتحان پاس کرنا اور کہاں امریکہ کا معیار اور پروفیسروں کی علمیت! یہاں تو پڑھانے کا انداز ہی اور تھا۔ ظالم پروفیسر کلاس میں مختصر سی باتیں بتاتے جو ہمارے نزدیک آئیں بائیں شائیں کا درجہ رکھتی تھیں۔ کچھ بلیک بورڈ پر لکھ دیتے اور بیشتر کام لڑکوں پر چھوڑ کر جاتے جاتے اگلی کلاس کے لئے دس پانچ سوال دے جاتے اور سوال بھی کم بخت ایسے کہ ہلائے نہ ہلیں۔ میں اور میرے دو تین دوست ابھی مکمل طور پر حواس باختہ نہیں ہو پائے تھے کہ کسی نیک بخت اللہ کے بندے نے ہمیں جاگیر سنگھ کی جانب ہانک دیا تھا:

"جاؤ! فزکس ڈپارٹمنٹ میں جاگیر سنگھ سے ملو۔ وہ تمہاری مدد کر دے گا، ورنہ واپسی کا ٹکٹ کٹواؤ اور امریکہ کی چھٹی کرو!"

ہم لوگ دوسرے ہی دن ڈرتے ڈرتے جاگیر سنگھ سے ملنے گئے تھے۔ یوں کہئے کہ ملتے ہی سارے دلدر دور ہو گئے تھے۔ وہ تو ایسے تپاک سے ملا جیسے مدتوں کا دوست ہو۔ اس سے مل کر معجزوں پر ایمان بحال ہو گیا تھا۔ جاگیر سنگھ امرتسر کا رہنے والا کٹر سکھ تھا۔ امریکہ میں کچھ، کڑا، کیس اور کنگھے سے لیس! کرپان رکھنے کی قانون اجازت نہیں دیتا تھا ورنہ وہ بھی بغل میں رکھتا۔ چھ فٹ سے اوپر قد، بھرا بھرا جسم، کھلتا ہوا رنگ، چہرہ کا علم نہیں کیونکہ اس کا پچانوے فی صد حصہ داڑھی مونچھوں سے چھپا ہوا تھا۔ البتہ آنکھیں ہمیشہ مسکراتی رہتی تھیں۔ فزکس میں پی ایچ ڈی کر رہا تھا۔ انتہائی ملنسار اور بے تکلف تھا! پھر اس پر مددگار ایسا کہ ہر وقت ہر شخص کی خدمت کو تیار رہتا۔ اس کی ذہانت کی دھاک پورے ڈپارٹمنٹ پر بیٹھی ہوئی تھی۔ ہندوستان میں ہماری طرف مشہور ہے کہ ذہن و

عقل کے معاملہ میں سکھ ذرا واجبی سے ہوتے ہیں۔ یار لوگوں نے سرداروں کے سیکڑوں لطیفے بھی مشہور کر رکھے تھے مگر جاگیر سنگھ سے مل کر ایسا معلوم ہوتا تھا جیسے اللہ بقیہ سارے سکھوں کی عقل سے تھوڑی بچا کر اس کو بخش دی تھی۔ وہ نہ صرف ہماری مشکلات حل کرتا بلکہ ماں بہن کی گالیوں کے درمیان پڑھنے لکھنے کے گُر بھی سکھاتا جاتا تھا۔ کیا پڑھا جائے، کیسے پڑھا جائے، لائبریری سے زیادہ سے زیادہ فائدہ کیسے اٹھایا جائے، ایسے ہی نہ جانے کتنے چٹکلے بتاتا۔ سچ تو یہ ہے کہ اگر وہ نہ ملتا تو ہمارے ہندوستان واپس جانے میں زیادہ عرصہ نہ لگتا!

ونود پٹیل سے ہمیں جاگیر سنگھ نے ہی ملوایا تھا۔ ایک سہ پہر میرے کمرہ اپنی کھٹارہ موٹر کار لے کر ادھمکا: "چلو بادشاہو! آج تمہیں اپنے یار پٹیل سے ملوالاؤں۔ تم مل بھی لو گے اور گجراتی چائے بھی پی لوگے۔" اور پھر وہ راستہ بھر اپنے دوست ونود پٹیل کی باتیں کرتا رہا:

"یار وہ سالا ہے تو پٹیل، پر مالوم نہیں بیوی کہاں سے مار لایا ہے۔ ایسی سندر کہ سوہنی ہے سوہنی! اگر تن پر ہاتھ رکھ دو تو پیاری کا رنگ میلا ہو جائے! ویسے بھی اب تک پُٹھ پر ہاتھ رکھنے کا سردار جاگیر سنگھ کو مَوکا ملا ہی کہاں ہے؟ اس سالے ونود کے ساتھ تو گریب کا نصیب ہی پھوٹ گیا۔ پر وہ بیچاری کرتی بھی کیا۔ ہمارا ہندوستانی سسٹم ہی سالا ایسا ہے کہ لڑکیوں سے کوئی پوچھتا ہی نہیں ہے۔ بس پکڑا اور جھونک دیا۔"۔ "یہاں پہنچ کر اس نے ایک غلیظ سی گالی دے کر سانس لیا۔

"یار! تم وہاں مجھ کو اپنے دوست سے ملوانے لئے جا رہے ہو کہ اس کی بیوی کے حسن سے اپنی آنکھیں سینکنے؟ کس قدر بری بات ہے جاگیر سنگھ۔ کچھ تو شرم کرو۔ ویسے آخر یہ پٹیل کرتا کیا ہے؟" میں نے مسکرا کر پوچھا۔

جاگیر سنگھ نے پھر ایک بڑی سی گالی دی: "اوئے شرم دی۔۔! ارے بادشاہو، ونود کرے گا کیا سالا؟ وہی جو ہر پٹیل کرتا ہے۔ ایک موٹیل لے رکھا ہے۔ سارا پریوار اسی میں لگا ہوا ہے۔ سوہنی رجسٹریشن ڈیسک سنبھالتی ہے۔ ونود موٹیل کی مرمت شرمت، صفائی وفائی کرتا ہے۔ سالا سنڈاس تک خود صاف کرتا ہے کہ پیسے بچیں گے اور آفس کے پیچھے دو کمروں کے اپارٹمنٹ میں اس کی ساس کھانا بناتی ہے۔ موٹیل کیا ہے بدماشی کا اڈّا ہے! لوگ عورتیں کرایہ پر لاتے ہیں اور ونود کمرہ گھنٹہ کے حساب سے کرایہ پر دیتا ہے۔ دن بھر کمرہ کی چادر، تولیہ بدلتا رہتا ہے اور گاہک آتے جاتے رہتے ہیں۔ کسی دن پولس کو پتہ چل گیا تو بیٹا سیدھے جیل جائیں گے جیل!"

"تو یوں کیوں نہیں کہتے کہ ونود پٹیل سے تم ملنے نہیں جاتے ہو بلکہ اس کی بیوی کو تاکنے جاتے ہو۔ کسی دن اس نے اپنی دلالی میں تمہیں شامل ہونے کو کہا تو کیا کرو گے؟ کمرہ اور مال دونوں مفت استعمال کرنے کو مل جائیں گے۔" میں نے شرارت سے پوچھا۔

جاگیر سنگھ بے اختیار قہقہہ مار کر ہنس پڑا: "اوئے، تیرا ستیاناس ہو! مخول کرتا ہے؟ اب میں وائے گرو کا خالصہ ہوں۔ عورت بھی مجھ کو خالص چاہئے۔ ایسی عورتوں سے میرا کیا کام چلے گا؟"

اور چند منٹ میں اس نے ایک پارکنگ لاٹ میں کار موڑ کر روک دی۔ قریب ہی ایک چھوٹی سی عمارت پر "آفس" کی تختی لگی ہوئی تھی اور ایک کنارے اونچا سا بورڈ راہ چلتے مسافروں کو دعوت قیام دے رہا تھا: "گولڈن موٹیل"۔ آفس کاؤنٹر پر کھڑی عورت پر میری نظر پڑی تو دیکھتا کا دیکھتا ہی رہ گیا۔ یا اللہ! کوئی اتنا حسین بھی ہو سکتا ہے؟ واقعی جاگیر سنگھ نے اس کو سوہنی یونہی نہیں کہہ دیا تھا۔ سونا سا دمکتا ہوا رنگ، بڑی بڑی ستارہ سی آنکھیں جن سے نہ معلوم کیوں دُکھ سا جھلک رہا تھا، گلاب کی ادھ کھلی کلیوں کے سے

ہونٹ، بدن سانچہ میں ڈھلا ہوا جیسے بنانے والے نے اسے فرصت کے کسی لمحہ میں بنایا ہو اور چہرہ پر سادگی بھرا وہ بانکپن کہ نظر بار بار لوٹ کر پڑتی تھی۔ ایک لمحہ کو میری تو خیر حالت غیر ہو ہی گئی، جاگیر سنگھ بھی ہکلانے لگا: "نمستے جی! اوونود کتھے اے؟"

سوہنی نے زیرلب مسکرا کر سامنے بنے موٹیل کے کمروں کی قطار کی جانب اشارہ کیا اور سریلی گھنٹی کانوں میں بج گئی:

"وہ اسٹور یج روم میں ہے۔ سامان نکالنے گیا ہے۔ اُدھر ہی ملے گا۔"

ہم لوگ آفس سے باہر نکلے تو میرے قدم لڑکھڑا رہے تھے۔ جاگیر سنگھ بھی اپنی چوکڑی بھولے ہوئے تھا۔ موٹیل کے کمرہ نمبر گیارہ سے ملحق اسٹوریج روم میں وہ اپنے خیالوں میں گم داخل ہوا تو میں بھی اس کے پیچھے اندر چلا گیا۔ سامنے ہی لگی ایک الماری سے تولیے اور چادر نکال کر ایک شخص دروازہ کی جانب پلٹ رہا تھا۔ وہ ہمیں دیکھ کر ٹھٹھک کر رک گیا۔ اور اس کا حلیہ دیکھ کر میری ہنسی نکلتے نکلتے رہ گئی!

پانچ فٹ کا گول مٹول بدن، کاندھوں سے گردن ندارد، سیاہ پکّا رنگ، گول گول بٹن سی آنکھیں، بھدے سے چہرہ پر پکوڑا سی ناک اور ماتھے پر سیندور اور چاول کا تلک لگائے، سستے سے جھُریوں دار سوٹ، ٹائی میں ملبوس وہ کسی سرکس کا مسخرہ لگ رہا تھا! اگر یہی ونود پٹیل تھا تو میں قدرت کی ستم ظریفی پر ماتم کرنے کے لئے صاف ضمیر کے ساتھ تیار تھا! ابھی میں اس عجیب الخلقت شخص کو دیکھ ہی رہا تھا کہ جاگیر سنگھ نے میرے شک کی تصدیق کر دی:

"اوئے ونود! کی حال اے؟ بہت دنوں سے درشن نہیں ہوئے تیرے۔ اے دیکھ! تجھ سے ایک دوست کو ملوانے لایا ہوں۔ یہ بھی امریکہ جھک مارنے آیا ہے۔"

ونود پٹیل نے ایک مری سی مسکراہٹ کے ساتھ ہاتھ جوڑ کر مجھ کو پرنام کیا۔ وہ بے

حد گھبرایا ہوا دکھائی دے رہا تھا، جیسے اس کو ہمارا اس طرح کمرہ میں گھس آنا پسند نہ آیا ہو۔ بار بار بغلیں جھانک رہا تھا اور ماتھے پر پسینہ کی بوندیں چمک آئی تھیں۔ اس نے چور نظروں سے اِدھر اُدھر دیکھا اور گھبرایا ہوا دروازہ کی جانب بڑھتے ہوئے بولا:

"آئیں سردار جی! باہر نکلیں۔ آفس چل کر چائے پیتے ہیں۔"

وہ ہمیں اسٹور ایج روم سے باہر نکالنے کے لئے بے حد بے چین نظر آرہا تھا۔ ویسے اس کمرہ میں تھا بھی کیا! ایک طرف گرد و غبار سے اَٹی ایک میز اور دو کرسیاں پڑی ہوئی تھیں۔ ایک کونے میں دو الماریاں رکھی تھیں جن میں موٹیل کے لئے تولئے، چادریں، کمبل رکھے ہوں گے اور دوسری طرف دیوار کے سہارے لگی شیلف میں صفائی کا سامان، جھاڑن اور مرمت کے لئے مختلف سامان بے ڈھنگے پن سے لگا ہوا تھا۔ کمرہ نمبر گیارہ اور اسٹور ایج روم کی درمیانی دیوار پر چار پانچ فٹ چوڑا سیاہ اور موٹا پردہ پڑا ہوا تھا جیسے اس طرف کوئی الماری وغیرہ ہو۔ کمرہ کی چھت سے لٹکا ہوا ایک ننگا بلب جل رہا تھا۔ اگر یہ بلب نہ ہوتا تو کمرہ میں گھپ اندھیرا ہوتا کیونکہ باہری دروازہ کے علاوہ کسی دیوار میں کوئی کھڑکی یا روشن دان نہیں تھا۔

جاگیر سنگھ بھی شاید اس کمرہ میں پہلی مرتبہ آیا تھا اور داڑھی کھجا کھجا کر چاروں طرف دیکھ رہا تھا۔

" اوئے یار! چلتے ہیں، سالی ایسی کیا جلدی ہے؟ ۔۔۔: چائے کہیں بھاگ جائے گی کیا؟" اس نے موٹی سی گالی دے کر کہا۔ "ارے یہ اسٹور ایج ہے کہ کال کوٹھری؟ کیا اٹر سٹر بھر رکھا ہے یہاں تو نے؟ اور یہ دیوار پر کالا پردہ کیوں ڈال رکھا ہے؟ کوئی لونڈیا چھپا رکھی ہے کیا اس کے پیچھے؟" اس نے ونود کو آنکھ مار کر کہا۔

ونود کا رنگ یوں ہی اڑ رہا تھا۔ پردہ کا ذکر ہوا تو ہکلانے لگا: "ک ک کچھ نہیں ہے یار!

ب ب بس ایک کاٹھ کباڑ کی الماری ہے۔ چلو نکلے یہاں سے۔" پھر جاگیر سنگھ کا ہاتھ تھام کر تقریباً کھینچ کر اسے اسٹور یج روم سے لے گیا۔ کمرہ میں بڑا سا تالا ڈال کر وہ لمبے لمبے قدموں سے آفس کی طرف چل دیا۔ مجھ کو جاگیر سنگھ کی تو خبر نہیں مگر سوہنی کو ایک بار پھر دیکھنے کی خواہش میں میرے اپنے قدموں میں تو یقیناً تیزی پیدا ہو گئی تھی!

اس دن میں نے پہلی مرتبہ مصالحہ دار گجراتی چائے کی کڑکتی گرم پیالی پی۔ ویسے تو یہ الائچی اور دار چینی والا جوشاندہ مجھے ہر گز پسند نہ آتا لیکن جن کنول سے سفید اور نازک ہاتھوں نے چائے کی ٹرے سامنے لا کر رکھی تھی، اگر وہ زہر کا پیالہ بھی دیتے تو خدائے قدوس کی قسم! بے جھجک پی جاتا!

--

جاگیر سنگھ کار چلاتے ہوئے مستقل بولے جا رہا تھا، مگر میرا دماغ کہیں اور تھا۔ اس کی بات جیسے ایک کان سے اندر جا کر دوسرے سے سیدھی باہر نکلی جا رہی تھی۔ میرا ذہن الگ ہی ادھیڑ بن میں لگا ہوا تھا۔ آخر یہ معاملہ کیا ہے؟ کیا ونود پٹیل کی کس مسافر یا دھندے کے گاہک سے جھگڑا ہو گیا ہے؟ ہو سکتا ہے کہ پولس کو اطلاع ملی ہو کہ ہوٹیل میں راہ چلتے مسافروں کی رہائش کے علاوہ وہ کچھ بھی ہوتا تھا جس کو دنیا کا سب سے پرانا پیشہ کہا جاتا ہے۔ یا پھر اس پولس کے سپاہی کو ونود کی کوئی بات پسند نہیں آئی تھی جو ماہانہ دستوری کے عوض موٹیل کے اس دھندے سے چشم پوشی پرتا کرتا تھا۔ یہ بھی تو ممکن تھا کہ اس کا جھگڑا سوہنی سے ہو گیا ہو۔ امریکہ میں پولس آئے دن گھریلو جھگڑوں میں الجھا کرتی ہے اور مظلوم عورتوں کو ان کے شوہروں سے ہرجانہ یا رہائی دلوانے کا اہتمام کرتی رہتی ہے۔ مگر یہ آخری بات کچھ دل کو لگتی نہیں تھی۔ ونود ایسا بے وقوف نہیں تھا کہ اپنی ایسی سوہنی بیوی سے جھگڑا کر کے اپنے شب و روز کو دوزخ کا نمونہ بنا دیتا۔ میرا دل سوہنی

کی ستارہ سی آنکھوں میں آنسوؤں کے تصور سے ہی بے چین سا تھا۔

ہو نہ ہو یہ جھگڑا پیسوں کا ہی تھا۔ ہم دیسی لوگ امریکہ آکر پیسوں کو دانت سے پکڑتے ہیں اور ان کی خاطر سب کچھ قربان کرنے کو تیار ہو جاتے ہیں۔ خود روکھی سوکھی کھاتے ہیں، ٹوٹی پھوٹی کار چلاتے ہیں، سستے مکان میں گزر بسر کر لیتے ہیں اور بینک میں دن رات بڑھتے ہوئے ڈالر دیکھ کر خوش ہو لیتے ہیں۔ جاگیر سنگھ نے پچھلے دنوں ہی تو بتایا تھا کہ سال بھر پہلے ونود کے کہنے سننے سے اس کی ماں احمد آباد سے امریکہ چلی آئی تھی مگر پھر یہاں کی مشینی زندگی اور جان لیوا تنہائی سے گھبرا کر ایک ماہ ہی میں واپس چلی گئی تھی۔ جس دن سے وہ واپس گئی تھی ونود اس کو برا بھلا ہی کہتا رہتا تھا:

"یار! آئی تھی امریکہ تو رہ لیتی یہاں۔ دو دن میں بھاگ کھڑی ہوئی۔ میرا دو ہجار ڈالر کا نکسان کر گئی۔ میں نے ویجا بنوایا، ٹکٹ کٹوایا، ارے نیویارک تک اس کو لینے گیا اور وہ ایک ماہ میں بھاگ گئی! دو ہجار ڈالر! باپ رے باپ! اتنے ڈالر کماتے کماتے کتنا سمے لگے گا اب؟"

ضرور ڈالروں کا ہی کوئی چکر ہو گا۔ میں ابھی اس فیصلہ پر پہنچا ہی تھا کہ جاگیر سنگھ نے کار "گولڈن موٹیل" کے آفس کے سامنے کھڑی کر دی۔ وہاں تو کچھ اور ہی نظر آرہا تھا اور معاملہ واقعی گمبھیر معلوم ہوتا تھا۔

پولس کی ایک کار کی پچھلی سیٹ پر کلائیوں میں ہتھکڑیاں پہنے ونود پٹیل سر جھکائے بیٹھا ہوا تھا۔ پسینہ سے اس کے ماتھے کا سیندوری ٹیکا بہہ کر اس کی ناک پر اتر آیا تھا۔ آفس کے باہر سوہنی کھڑی دھاروں دھار رو رہی تھی اور اس کے قریب ہی کھڑی اس کی ماں رو رو کر گجراتی میں مستقل بین کر رہی تھی۔ سوہنی کے قریب کھڑا ایک پولس افسر اس کو ہوس آمیز ہمدردی سے آنکھیں پھاڑ پھاڑ کر دیکھ رہا تھا اور اس کی ہر سسکی پر اپنا سر ہلا کر

بظاہر اس کے غم میں شریک ہونے کا ناٹک کھیل رہا تھا۔ دوسری طرف کمرہ نمبر گیارہ سے ملحق اسٹور یج روم کا دروازہ چوپٹ کھلا ہوا تھا اور پولس کے دو سپاہی اور کیمرہ ہاتھ میں لٹکائے ہوئے ایک پولس فوٹو گرافر اسی وقت باہر آئے تھے۔ اسٹوریج روم اور کمرہ نمبر گیارہ کے دروازوں پر پولس نے پیلا ٹیپ لگا کر عام آمد ورفت کی راہیں روک دی تھیں۔ کچھ ہی دور کھڑی ایک امریکن عورت ایک پولس والے سے جلدی جلدی کچھ کہہ رہی تھی جسے وہ ایک نوٹ بک میں لکھتا جارہا تھا۔

پولس! سوہنی! ہتھکڑی! فوٹو گرافر! میرے ذہن نے چند لمحوں میں کئی قلابازیاں کھالیں۔ بھلا اسٹوریج روم میں تھا ہی کیا جو پولس اس کی تصویریں کھینچ رہی تھی؟ کاٹھ کباڑ اور کچھ پرانا فرنیچر۔ اس کے علاوہ وہاں تھا ہی کیا؟ کوئی قتل تو نہیں ہو گیا وہاں؟ میں اسی ادھیڑ بن میں تھا کہ جاگیر سنگھ نے بڑھ کر سوہنی سے سوال کیا:

"بھابھی جی! کی گل اے؟ پٹیل نوں پولس کیوں پھڑیا؟"

سوہنی نے اپنی ستارہ سی آنسو بھری آنکھیں اٹھا کر جاگیر سنگھ کو دیکھا تو اس کو اپنی غلطی کا احساس ہوا۔ فوراً سنبھل کر ہندی میں بولا:

"میرا مطلب یہ ہے کہ بھابھی جی کیا ہوا؟ یہ کیا دنگا ہو رہا ہے یہاں؟ پٹیل نے کیا جرم کیا ہے جو پولس نے پکڑ رکھا ہے اسے؟"

سوہنی نے کچھ کہنے کے لئے منھ کھولا اور پھر میری جانب دیکھ کر چپ ہو گئی جیسے وہ یہ راز کی بات سب کے سامنے کہنے کو تیار نہیں تھی۔ سچ پوچھئے تو بات مناسب بھی تھی۔ ساری دنیا میں ڈھنڈورا پیٹنے کی ضرورت بھی کی تھی؟ میں نے موقع کی نزاکت دیکھ کر جاگیر سنگھ سے کہا: "تم لوگ آفس میں چلے جاؤ۔ یہاں سب طرح کے لوگ ہیں!"

ادھر وہ دونوں موٹیل کے دفتر میں گئے اور اِدھر میں پولس والے سے پوچھ کر و نود

پٹیل کی طرف کھسک گیا جو اب اپنی بٹن جیسی آنکھیں جھپکا جھپکا کر بڑی بیچارگی سے مجھ کہ دیکھ رہا تھا۔ میں نے ہمدردانہ لہجہ میں اس سے پوچھا: "پٹیل صاحب! کوئی مدد کر سکتا ہوں تو بتائیے۔ ویسے تو آپ کو معلوم ہی ہے کہ میں یہاں نیا آیا ہوں۔"

وہ ذرا سنبھل کر بیٹھ گیا اور منمنا کر بولا: "راج ساب! جرا میرے وکیل کو پھون کر دو۔ بڑی کرپا ہو گی۔ آکر وہ اور کچھ نہیں تو میری جمانت کرا دے گا۔ بتاؤں اس کا پھون نمبر؟ آفس سے ہی پھون کر دیں تو وہ جلدی سے اجائے گا۔"

میں نے نمبر لے کر اس کو دلاسا دیا اور وکیل کو فون کرنے موٹیل کے آفس میں گیا۔ جاگیر سنگھ اور سوہنی کونہ میں پڑے صوفہ پر بیٹھے ہوئے تھے۔ سوہنی شاید پورا واقعہ سنا چکی تھی کیونکہ جاگیر سنگھ. صوفہ پر اپنا سر پکڑے بیٹھا منھ ہی منھ میں گالیاں بڑبڑا رہا تھا۔ چہرہ ایسا فق تھا کہ داڑھی مونچھ کے ہوتے ہوئے بھی اس کی پریشانی صاف ظاہر ہو رہی تھی۔

"اوئے ترا کھانہ کھراب او! اے کی کیتا ای؟ ہُن کی ہوئے گا؟ اے کَم کَرَن دے پہلے اپنے کَر دا کھیال کیتا ہوندا!"

وہ دیر تک ایسے ہی بیٹھا رہا۔ وکیل نے موٹیل فورا پہنچنے کا وعدہ کیا اور ہم لوگ اس کے آنے تک وہیں ٹھیرے رہے۔ دراصل ٹھیرا تو صرف میں رہا۔ جاگیر سنگھ تو مستقل ونود پٹیل کو اس کے سارے خاندان سمیت پنجابی میں سڑی سڑی گالیاں دیتا رہا۔ اور سوہنی ریشمی رومال میں منھ چھپائے سسکیاں لیتی رہی۔ وکیل آیا تو جاگیر سنگھ نے اس کو الگ لے جا کر سارا قصہ سنایا۔ پھر مجھے اشارہ سے کار کی جانب بلا کر دھڑاک سے اس میں بیٹھا اور کار اسٹارٹ کر دی۔ پھر چھوٹتے ہی گالی دے کر بولا:

"اوئے، تیری :۔: حرام جدگی کرنی سی تے کدرے ہور کر دا۔ اے تو پٹیل اے نا!

مت ماری گئی سی سالے دی!"

میں اب بالکل تنگ آ گیا تھا۔ جاگیر سنگھ مجھے راز کی بات بتانے کے موڈ میں نظر نہیں آ رہا تھا یا شاید اس کو ماں، بہن کی گالیاں دینے سے ہی فرصت نہیں تھی۔ لمحہ بھر کو وہ تھما تو میں نے پوچھا: "یار! تم مجھ کو کچھ بتاؤ گے کہ بس گالیاں ہی دیتے رہو گے؟ آخر پٹیل نے ایسا کیا کام کیا جو ہتھکڑیاں لگ گئیں اس کو؟"

"اوئے، وہ سالا اب جیل جائے گا جیل! ہتھکڑی تو اس کی کِسمت بن گئی ہے۔ ارے :۔: جیل جائے یا مرے سالا، اپن سے کیا؟ پر اب سوہنی کا کیا ہو گا؟"

میں جھنجھلا ہی تو گیا: "حد کر دی تم نے یار! ارے یہ تو بتاؤ کہ ہوا کیا؟ پھر سوہنی کا بھی انتظام کر دینا۔"

وہ اک دم سنجیدہ ہو کر بولا: "سچ بتاؤ راج! تم سوچ سکتے ہو کہ سالے پٹیل جیسا کوئی بھوت سوہنی ایسی بیوی پا کر ایسی بات کرے گا؟"

میں نے بڑی بیچارگی سے اس کو دیکھا: "ارے کیسی بات؟ تم بتاتے تو ہو نہیں، بس گالیوں پر گالیاں دئے جا رہے ہو!"

جاگیر سنگھ نے کہا: "اس سالے پٹیل نے اسٹور یج روم کی دیوار میں کالے پردہ کے پیچھےTWO-WAY MIRROR* لگا رکھا تھا اور اس میں سے کمرہ نمبر گیارہ میں کرایہ دار عورتوں کو کپڑے بدلتے اور دنیا کے دھندے کرتے ننگا دیکھتا تھا۔ جبھی تو سالا کمرہ کال کوٹھری بنا رکھا تھا۔ گھر میں سوہنی رکھی تھی اور سالا چھپ چھپ کر رنڈیوں کا ناٹک دیکھتا تھا۔ دھت تیری کی!"

میرا منھ حیرت سے کھلا کا کھلا رہ گیا: "ایں! TWO-WAY MIRROR لگا رکھا تھا؟ باپ رے باپ! ہمت تو دیکھو۔ مگر سالا پکڑا کیسے گیا؟"

جاگیر سنگھ میرے سوال پر بے اختیار ایسے زور سے قہقہہ مار کر ہنسا کہ کار سڑک پر بے قابو ہو کر لہرا گئی۔ دیر تک وہ قہہ قہہ قہہ ہنستا رہا۔ پھر ذرا رک کر بولا:

"ارے وہ حرامی کل رات اسٹور تیج روم میں چھپا کمرہ نمبر گیارہ کا ننگا ناٹک دیکھ رہا تھا کہ بھول گیا کہ کہاں کھڑا ہے۔ سالے نے بھولے سے سگرٹ سلگانے کے لئے ماچس جلا لی اور دوسری طرف سے لونڈیا نے آئینہ میں اس کی چمک دکھ لی! اب گیا جیل کئی سال کے لئے۔ مگر یار پتہ نہیں اب سوہنی کا کیا ہو گا؟" وہ ایک ٹھنڈی سانس لے کر خاموش ہو گیا۔

ہمیں آج تک یہ نہیں معلوم ہو سکا کہ سوہنی کہاں چلی گئی۔ ونود پٹیل سات سال کی جیل کاٹ رہا ہے۔ گولڈن موٹیل بکاؤ ہے اور سنا ہے کہ ایک اور پٹیل اس کو خریدنے کے چکر میں ہے۔ آخر ہوٹیل، موٹیل اور پٹیل کا گھن چکر بھی تو ضروری ہے!

--

* TWO-WAY MIRROR ایک خاص قسم کا آئینہ ہوتا ہے۔ اگر اس کے پیچھے گھپ اندھیرا ہو تو سامنے سے عام آئینہ کی طرح نظر آتا ہے اور ویسے ہی کام بھی کرتا ہے۔ اس کے ساتھ ہی آئینہ کے پیچھے اندھیرے میں کھڑے شخص کو دوسری طرف کی ہر چیز صاف دکھائی دیتی ہے، جیسے شفاف شیشہ لگا ہوا ہو۔ البتہ اگر اس آئینہ کے پیچھے روشنی ہو تو سامنے کھڑے شخص کو شیشہ کے آر پار وہ روشنی صاف نظر آ جاتی ہے۔ چنانچہ اس طرح کے آئینہ کے خفیہ استعمال کے لئے اس کے پیچھے مکمل اندھیرا ہونا لازمی ہے۔

* * *

بھگوان کی مایا

سائیں بابا کے مندر پر روزانہ کی طرح آج بھی بھگتوں کا میلہ لگا ہوا تھا۔ مہاراج شردھانند جی پرم ہنس کی شہر میں آمد کی خبر چاروں طرف جنگل کی آگ کی طرح پھیل گئی تھی۔ دور دور سے لوگ ہزاروں کی تعداد میں وہاں پہنچ رہے تھے۔ آس پاس کے قصبوں اور گاؤں سے بسیں، ٹرینیں اور ٹیکسیاں لوگوں سے لدی پھندی آرہی تھیں۔ سیکڑوں گاؤں والے بیل گاڑیوں پر آئے تھے اور مہاراج کے درشن کے پیاسے مندر کے آس پاس میدان میں ڈیرہ ڈالے ہوئے پڑے تھے۔ میلوں دور تک میلہ کا سا سماں بندھ گیا تھا۔ بیوپاری تو ایسے موقعوں کی تلاش میں رہتے ہی ہیں، چنانچہ انہوں نے سڑک کے دونوں طرف اایک ایک میل تک دوکانیں لگالی تھیں۔ کہیں ڈھاک کے پتوں کے پیکٹ میں گیندا، بیلا اور گلاب کے پھول بک رہے تھے تو کہیں بتاشوں، تال مکھانوں اور مٹھائی کی دوکانیں سجی ہوئی تھیں۔ اِدھر سبزی، ترکاری کی دوکانوں پر کنجڑوں نے ناریل خاص طور سے سجارکھے تھے کہ بھگوان کے چڑھاوے میں مٹھائی اور ہار پھول کے ساتھ ناریل بھی تو ضروری تھا! اُدھر مندر سے ذرا ہٹ کر کپڑے، پلاسٹک کے جوتے، چپل اور برتنوں کی دوکانیں لگی ہوئی تھیں۔ قریب ہی بچوں کی تفریح کے لئے ہنڈولے اور چرخی لگی ہوئی تھیں۔ ماں باپ تو مندر میں سائیں بابا کی مورتی اور مہاراج شردھانند جی کے درشن اور آشیرواد کے لئے چلے جاتے تھے اور بچے ہنڈولے، جھولے اور چرخی کے مزے لیتے رہتے تھے، چرخ چوں! چرخ چوں!

مہاراج جی دنیا کے ان ہنگاموں سے الگ تھلگ مندر کے چبوترہ پر سائیں بابا کی مورتی سے ذرا ساہٹ کر آسن لگائے بیٹھے ہوئے دھیان میں مگن تھے۔ اُن کی آنکھیں بند تھیں اور ماتھے پر ترسول نما صندلی تلک جگمگا رہا تھا۔ اِدھر اُدھر ان کے دس بارہ سیوک ہاتھ جوڑے بیٹھے ہوئے تھے۔ لوگ لائن لگائے آہستہ آہستہ مندر میں داخل ہوتے، مہاراج جی کے درشن سے فیضیاب ہو کر دور سے ہی پرنام کرتے اور ایک کنارے بیٹھے سیوک کو مناسب دکچھنا دیتے ہوئے دوسرے دروازہ کی جانب چلے جاتے تھے جہاں مہاراج کی طرف سے پرساد بانٹا جارہا تھا۔

در اصل مہاراج جی کو خود تو روپے کا کوئی لوبھ تھا نہیں۔ ساری دنیا کو معلوم تھا کہ ان کی ساری ضروریات بھگوان وشنو کے یم دوت راتوں رات پوری کر دیا کرتے تھے۔ وہ کھاتے پیتے تو ویسے بھی کم ہی تھے۔ چھ چھ مہینے تو آسن لگائے، دھونی رمائے، مون دھارن کئے، کھانے پینے اور بولنے چالنے سے بے نیاز بیٹھے رہتے تھے۔ ان کے سیوکوں کا کہنا تھا کہ انہوں نے خود اپنی آنکھوں سے مہاراج جی کے کمرہ میں یم دوت اترتے دیکھے تھے جو ان کے اشارہ پر دنیا کے کام کر دیا کرتے تھے۔ روزانہ صبح اور رات گئے دیو داسیاں ان کے اپنے ہاتھوں سے بھوجن کرواتی تھیں اور تان پورہ پر بھجن گا گا کر سناتی تھیں۔ مہاراج شر دھانند جی اتنے پہنچے ہوئے تھے کہ ان کا آشیر واد خالی نہیں جاتا تھا۔ سیکڑوں عورتوں کی برسوں کی خالی گود آپ کے ایک اشارہ میں بھر گئی تھی اور لاکھوں کی منو کامنا آپ کی ایک نگاہ کے اٹھتے ہی پوری ہو گئی تھی۔ مہاراج جی نے ہری دوار کی برفیلی پہاڑیوں میں تیس سال جو تپسیا کی تھی، یہ سب اسی کا پھل تھا۔

ظاہر ہے کہ بھگوان وشنو کے ایسے بھگت کو روپیوں پیسوں اور دنیا کے دوسرے جنجال کی فکر کیسے ہو سکتی تھی مگر ان کے سیوکوں اور سیوکاؤں کا پالن تو پھر بھی کرنا ہی تھا۔

پھر ہری دوار میں مہاراج بھگوان وشنو کا جو عظیم الشان مندر بنانا چاہتے تھے اس کے لئے تو روپے چاہیئے تھے! اس مندر کی ایک خوبصورت سی بڑی تصویر سائیں بابا کے مندر کے باہر لگی ہوئی تھی۔ لوگ آ آکر دیکھتے تھے اور سادر پرنام کرنے کے بعد پاس ہی رکھے مقفل صندوق کی جِھری میں اپنے دھرم اور توفیق کے مطابق دکچھنا ڈال دیتے تھے۔ لوگوں کے اصرار پر مہاراج جی نے بہ حالتِ مجبوری یہ قبول کر لیا تھا کہ ان کے ذاتی آشیر واد لینے والے اپنی مرضی سے اس مندر کی تعمیر کے لئے جو دینا چاہیں دے سکتے تھے۔ ان کے پاس پوجا پاٹھ سے جو وقت بچ جاتا تھا اس میں سے تین گھنٹے صبح اور دو گھنٹے شام انہوں نے اس نیک کام کے لئے وقف کر رکھے تھے۔ لوگوں کی سہولت کے لئے ان کے سیوکوں نے دان دکچھنا دینے والوں کی تین لائنوں کا انتظام کر رکھا تھا۔ ایک لائن ایسے لوگوں کی تھی جو مہاراج کے چرن کمل اپنے پاپی ہاتھوں سے چھونے کی خوشی میں پانچ سو روپوں کی دکچھنا دیتے تھے۔ دوسری لائن میں وہ لوگ ہوتے تھے جو ان کے تخت کے پایوں کو چھو کر اور دو سو روپوں کا نذرانہ پیش کر کے جیتے جی سورگ کا مزا چکھ لیتے تھے۔ اور تیسری قطار ایسے بھگتوں کی تھی جو پچاس روپے دے کر مہاراج جی کے تخت سے نیچے جاتی ہوئی سیڑھیوں پر مستک ٹیک سکتے تھے۔ بھگوان کو خوش کرنے کا اس سے سستا نسخہ اور کہاں مل سکتا تھا!

سچ تو ہی ہے کہ سائیں بابا کے مندر کی رونق مہاراج شر دھانند پرم ہنسکی آمد سے سو گُنا ہو گئی تھی۔ ساری فضا پر بھگتوں کی بے پناہ عقیدت اور مہاراج جی کی مہامایا نے مل کر ایک مستی کی سی کیفیت پیدا کر دی تھی۔ لوبان اور اگر بتی کی بھینی بھینی خوشبو سے ہوا مہک رہی تھی۔ تھوڑی دیر بعد تخت کے دونوں طرف بیٹھے سیوک اٹھ کر زور سے شنکھ بجاتے، ایک سیوک اٹھ کر چھت سے لٹکا ہوا چمکدار پیتل کا گھنٹا ٹنا ٹن، ٹنا ٹن بجاتا اور

ان کے بیٹھتے ہی ایک اور سیوک گرج دار آواز میں آواز لگاتا: "بولو شری وشنو دیو جی کی۔

۔" اور ہزاروں گلے فلک شگاف آواز سے جواب دیتے: "جے ے ے ے!"

"بولو شری رام چندر جی کی۔۔" جے ے ے ے!

"بولو شری بھولے ناتھ کی۔۔" جے ے ے ے!

اور تھوڑی دیر بعد مہاراج جی اپنی سمادھی پر بیٹھے بیٹھے اپنی غلافی، سرخی مائل آنکھیں کھول کر اپنے بھگتوں کو ہاتھ اٹھا کر اشارے سے آشیر واد دیتے اور دوبارہ مراقبہ میں چلے جاتے!

۔۔

لالہ سری رام مہیشوری ادھر اپنے اکلوتے بیٹے پرسرام مہیشوری کی طرف سے کافی پریشان رہا کرتے تھے۔ ویسے بیٹا پڑھا لکھا، ایم اے پاس خوش شکل اور صحت مند تھا۔ گھر میں روپے پیسے کی وہ ریل پیل تھی کہ بقول شخصے ہُن برس رہا تھا۔ لالہ سری رام شہر کے سب سے بڑے صراف تھے۔ چوک ملونی گنج میں ان کی سونے چاندی کے زیورات کی بہت بڑی دوکان تھی۔ دلی، بمبئی اور کلکتہ تک بیوپار کا جال پھیلا ہوا تھا اور شہر میں تو ان کی ٹکر کا کوئی تھا ہی نہیں۔ بھگوان نے لالہ جی کو اولاد کی طرف سے بھی سکھ دیا تھا۔ تینوں بیٹیاں اپنے اپنے گھر آباد، ہنسی خوشی دن بتا رہی تھیں۔ پرسرام اگرچہ اکلوتا بیٹا تھا مگر کسی بری عادت میں نہیں پڑا تھا حالانکہ ایسی بے پناہ دولت اپنے ساتھ جہاں اور روگ لاتی ہے وہاں عیاشی اور بد چلنی سب سے پہلے آتی ہیں۔ پرسرام پر دولت کی بہتات نے ایسا کوئی خراب اثر نہیں ڈالا تھا۔ بس اچھا پہننے اور بڑھیا کار چلانے کا شوق تھا تو یہ ایسی کون سی بڑی بات تھی! اور اس شوق میں خرابی ہی کون سی تھی جو لالہ جی فکر مند ہوتے؟

دراصل لالہ سری رام اپنے بیٹے کی آزاد خیالی سے پریشان تھے۔ پڑھ لکھ کر وہ ان

سب چیزوں سے بیگانہ ہو کر رہ گیا تھا جو لالہ جی کے نزدیک اہم تھیں۔ بیوپار کی طرف اس کا دھیان بالکل ہی نہیں تھا اور لالہ جی کو فکر تھی کہ ان کے بعد کروڑوں کا بزنس اور جائداد کا کیا ہو گا۔ سب سے زیادہ پریشانی انہیں پرسرام کی دھرم سے بے پرواہی سے تھی۔ وہ نہ تو لالہ جی طرح روزانہ صبح اشنان کر کے جپ جی کا پاٹھ کرتا تھا اور نہ ہی مندر جاتا تھا۔ وہ پوجا پاٹھ اور پنڈتوں کی آؤ بھگت سے صرف بچتا ہی نہیں تھا بلکہ موقع بے موقع ان کی کھلے عام مخالفت بھی کرتا رہتا تھا۔ باپ سے تو وہ کچھ زیادہ نہیں کہتا تھا لیکن ماں اگر کبھی محبت سے اس کو پوجا اور دھرم کی ترغیب دیتی تو وہ ہنس دیتا:

"ارے اماں! یہ سب فراڈ ہے فراڈ! یہ پنڈت لوگ باپو کو دونوں ہاتھوں سے لوٹ رہے ہیں۔ ایسے ہی بھگوان کے سیوک ہوتے تو رس گلے کھا کھا کر اتنے موٹے ہونے کی بجائے بھوکوں، ننگوں کی سیوا نہ کرتے جس سے غریبوں کا بھلا ہوتا؟"

"ماں! تم خود ہی سوچو۔ یہ مٹی پتھر کے بھگوان ہمیں کیا دے سکتے ہیں؟ ان کے کپڑے تک تو تم بدلواتی ہو! یہ بھلا کسی کی مدد کیا کر سکتے ہیں؟"

"باپو جو مندر میں اتنا پیسہ دیتے ہیں اس سے کوئی دھرم شالہ یا اناتھ آلیہ بنا دیتے تو زیادہ اچھا ہوتا۔ کہیں کوئی بچوں کا اسپتال کھول دیتے۔ لوگوں کو سکھ ملتا، ٹھیک ہے نا؟"

ممتا کی ماری ماں اس کی سنتی اور ایک گہری سانس لے کر چپ ہو جاتی۔ بیٹا کہتا تو ٹھیک ہی تھا مگر کوئی دھرم اور شاستروں کو کیسے چھوڑ سکتا تھا؟ پرکھوں سے جو کام چلا آرہا تھا اسے کوئی مٹا تو نہیں سکتا تھا! بیٹے کو سمجھاتی بجھاتی اور پھر یہ سوچ کر خاموش ہو جاتی کہ شادی ہو گی اور دنیا سنبھالے گا تو خود ہی ٹھیک ہو جائے گا۔ البتہ لالہ جی اپنی پتنی کی رائے سے اختلاف رکھتے تھے۔ ان کا خیال تھا کہ کالج کی تعلیم اور بری صحبت نے پرسرام کے دماغ میں تھوڑا سا فتور پیدا کر دیا تھا۔ جس بھگوان نے اس کو یہ بیماری دی تھی وہی اس کو دور بھی

کر سکتا تھا۔ لالہ جی نے یہ سوچ کر اپنی پوجا پاٹھ اور گیان دھیان کو اور بڑھا دیا تھا۔

-

آج منگلوار کا شبھ دن تھا یہ دن سائیں بابا کے مندر بلکہ سارے شہر کے لئے نہایت مبارک دن تھا کیونکہ اس شام کو سورج ڈھلنے کے بعد آرتی پوجا سے فارغ ہو کر مہاراج شر دھانند جی پرم ہنس چند خوش قسمت بھگتوں کو بھینٹ کی اجازت سر فراز کرتے تھے۔ وہ خود تو ساری دنیا کو مایا جال سمجھتے ہی تھے چنانچہ دولت کی تمنا ان کو چھو کر بھی نہیں گزری تھی۔ ہاں ان کے سیوک ہری دوار میں بننے والے وشنو مندر کی تعمیر کے سلسلہ سے اور وہاں جانے والے یاتریوں کی سیوا کی خاطر ان بھگتوں سے حسب حیثیت دکچھنا کی سفارش کیا کرتے تھے۔ سچ پوچھئے تو یہ سودا کچھ ایسا مہنگا نہیں تھا۔ ایک تو پانچ سات ہزار روپے کے بدلے مندر بنوانے والوں میں نام لکھ لیا جاتا تھا جو سورگ کے ٹکٹ کے برابر تھا۔ پھر مہاراج جی ایسے مہان پرش سے روبرو ملاقات اور ان کے چرن کمل چھونے کی بیش بہا سعادت بھی ملتی تھی بلکہ کبھی کبھی تو آپ کسی خوش نصیب کے سر پر ہاتھ رکھ کر آشیرواد بھی دے دیا کرتے تھے۔ اس کے علاوہ ان ملاقاتوں میں ہر بھگت کو مہاراج جی اپنی روحانی قوت سے حاصل کی ہوئی ایک گھڑی بھی عنایت کیا کرتے تھے۔ وہ منظر دیکھنے کے قابل ہوتا تھا۔ مہاراج جی اپنی سرخی مائل بڑی بڑی آنکھیں دم بھر کے لئے بند کر لیتے، ان کے ہونٹ چند پوتر اشلوک آہستہ آہستہ پڑھتے اور وہ پھر اپنا دایاں ہاتھ آسمان کی طرف لہرا کر بھگت کی جانب بڑھاتے تو اس کی مٹھی میں ایچ ایم ٹی (Hindustan Machine Tools) کی ایک نئی نویلی گھڑی ہوتی! مشہور تھا کہ پرلوک سے مہاراج جی کے خادم یم دوت یہ گھڑیاں لا کر انہیں دے جاتے تھے۔ ان یم دوتوں کو کسی نے دیکھا تو نہیں تھا مگر وہ ہر پاپی آدمی کو دکھائی بھی تو نہیں دے سکتے تھے!

لالہ سری رام مہیشوری مندر پہنچے تو مہاراج جی تخت پر سبھی اپنی گدی پر براجمان ہو چکے تھے۔ ان کا تلک دھاری نورانی چہرہ لمبی لمبی جٹائیں اور گھنی داڑھی کے فریم میں بہت رعب دار لگ رہا تھا۔ مندر کی روحانی فضا، مہاراج کی مہان ہستی، شام کا سہانا سمے، ہارمونیم، ڈھولک اور مجیرے پر بھجن گاتے ہوئے بھگت، سب نے مل کر عجیب سرخوشی کی کیفیت پیدا کر دی تھی۔ لوگ ادھر اُدھر آنکھیں میچے، بھگوان سے دھیان لگائے جھوم رہے تھے اور کچھ لوگ بے خودی کی حالت میں راگیوں کی آواز میں آواز ملا کر خود بھی بھجن گا رہے تھے۔ لالہ سری رام اور اپنی ماں کے کہنے پر پرسرام بھی ان کے ساتھ اس شام مندر آ گیا تھا اور ایک طرف دری پر بیٹھا بے دلی سے یہ منظر دیکھ رہا تھا۔

تھوڑی دیر میں بھجن ختم ہوا۔ مہاراج جی نے آنکھیں کھول کر چاروں طرف دیکھا۔ ان کی آنکھیں چمک رہی تھیں اور ہونٹوں پر بڑی میٹھی مسکان جھلک رہی تھی۔ ایک سیوک نے ہاتھ جوڑ کر ان کو پرنام کیا اور حکم کا منتظر کھڑا ہو گیا۔ مہاراج نے ہاتھ کا اشارہ کیا اور وہ الٹے پیر لوگوں میں واپس آ گیا۔ چاروں طرف پر اسرار سناٹا چھایا ہوا تھا اور لوگ کچھ عقیدت، کچھ رشک اور کچھ خوف سے ان لوگوں کو دیکھ رہے تھے جن کو آج مہاراج کی ذاتی بھینٹ کی عزت ملنے والی تھی۔ ایک ایک کر کے بھگوان کے یہ خاص پریمی ہاتھ جوڑ

کر بڑھتے تھے۔ ایک سیوک انہیں اپنے ساتھ مہاراج کے تخت تک لے جاتا تھا اور بھگت مہاراج کے چرن کنول کانپتے ہاتھوں سے چھو کر ہاتھ جوڑ کر ان کے حضور کھڑا ہو جاتا تھا۔ مہاراج اس سے دبے دبے الفاظ میں چند باتیں کرتے، ہاتھ اٹھا کر آشیرواد دیتے اور مٹھی کھولتے تو اس میں سے ایچ ایم ٹی کی شاندار گھڑی چمک چمک کر بھگوان کی مایا کا اعلان کرتی نظر آتی تھی!

لالہ سری رام اپنی باری آنے پر بڑھے تو بے دلی سے پر سرام بھی ان کے پیچھے پیچھے چلا گیا۔ لالہ جی نے مہاراج کے چرنوں میں اپنا مستک ٹیک دیا اور ہاتھ جوڑ کر ان کے سامنے کھڑے ہو گئے، مگر پر سرام نے سوائے ہاتھ جوڑ کر پرنام کرنے کے اور کچھ نہیں کیا۔

مہاراج جی نے بڑی گمبھیرتا سے لالہ جی کو دیکھ کر گنگناتی ہوئی آواز میں پوچھا: "بولو بیٹا! تمہیں کیا کشٹ ہے؟"

لالہ جی نے کانپتی آواز میں عرض کی: "ہے مہاراج! بھگوان کا دیا میرے پاس سب کچھ ہے۔ پرنتو مجھے دکھ ہے کہ میرا بیٹا دھرم سے بالکل لگاؤ نہیں رکھتا ہے۔ اس کو آشیرواد دیجئے کہ اس کے من میں بھگوان کا پریم بھاؤ پیدا ہو جائے!"

مہاراج جی دھیمے سے مسکرائے۔ انہوں نے پر سرام کو آگے بڑھنے کا اشارہ کیا اور خود آنکھیں بند کر کے چند لمحوں کے لئے گیان دھیان کی پر اسرار دنیا میں چلے گئے۔ چاروں طرف موت کا سا سناٹا چھایا ہوا تھا اور سیکڑوں آنکھیں مہاراج جی کی طرف لگی ہوئی تھیں۔ ایک گہری سانس لے کر مہاراج نے آنکھیں کھولیں اور ہاتھ بڑھا کر پر سرا کے سر پر رکھ دیا۔ پھر انہوں نے کالی منکوں والی مالا والا ہاتھ آسمان کی طرف لہرا کر مٹھی کھولی تو اس میں اچ ایم ٹیکی دلہن ایسی سنہری گھڑی دمک رہی تھی۔ کمال محبت سے وہ گھڑی مہاراج نے پر سرام کے ہاتھ میں تھما دی۔

ایک طرف سے ایک سیوک نے آواز لگائی: "بولو ہر ہر مہا دیو کی۔" اور مندر بھگوان کے پریمیوں کی آواز سے گونج اٹھا: "جے ے ے ے!"

مہاراج نے پر سرا سے کہا: "بچہ! بھگوان کی مایا تو آکاش اور دھرتی پر چھائی ہوئی ہے۔ اس کی شکتی اتھاہ ہے۔ ہم تمہیں آشیرواد دیتے ہیں کہ تم بھگوان سے ایسا پریم کرنے

لگو تمہارے ماتا، پتا تم سے کرتے ہیں!"

پر سرام نے ہاتھ جوڑ کر پوچھا: "مہاراج! آپ کی آگیا ہو تو ایک بات پوچھوں؟"

مہاراج نے مسکرا کر بڑے پریم بھاؤ سے پوچھا: "بول بچہ! کیا پوچھتا ہے؟"

پر سرام نے کہا: "مہاراج! بھگوان تو انتریانی ہیں۔ وہ جو چاہے کر سکتے ہیں؟"

مہاراج نے محبت سے جواب دیا: "ستیہ ہے بچہ، بالکل ستیہ ہے! بھگوان وشنو کے لئے ہر کام سمبھو ہے۔ سارا سنسار ان کی انگلیوں پر ناچتا ہے۔ بول کیا مانگتا ہے؟"

پر سرام کے چہرہ پر عجیب سی پر اسرار مسکراہٹا گئی۔ اس نے مہاراج کی غلافی آنکھوں میں آنکھیں ڈال کر کہا: "مہاراج! آپ اپنی مہان شکتی سے کام لے کر بھگوان سے میرے لئے ایچ ایم ٹی کی گھڑی کی بجائے ایک جاپانی سیکو (SEIKO) گھڑی دلوا دیجئے۔ ایچ ایم ٹی کی گھڑی تو میرے پاس ہی!"

اڑا اڑا دھم!! مہاراج شر دھانند پرم ہنس ایسے ہکا بکا ہو کر رہ گئے جیسے پر سرام نے ان کے منھ پر زنّاٹے کا تھپڑ رسید کر دیا ہو۔ وہ یک لخت اٹھے اور لمبے لمبے قدم بڑھاتے ہوئے مندر کے اندر غائب ہو گئے۔ چاروں طرف کھڑے ہوئے بھگوان وشنو کے بھگت اور مہاراج کے عقیدت مند حیرت اور خوف سے آنکھیں پھاڑے انہیں دیکھتے دیکھتے رہ گئے!

پر سرام نے ہاتھ بڑھا کر ایچ ایم ٹی کی سنہری گھڑی مہاراج جی کی خالی گدی پر پھینک دی اور پلٹ کر مسکراتا ہوا مندر سے نکل گیا!

* * *